LA NUIT, IN EXTREMIS

DU MÊME AUTEUR
CHEZ LE MÊME ÉDITEUR

Le Sang des bistanclaques
De mal à personne

Odile Bouhier

LA NUIT, IN EXTREMIS

Roman

Terres de France

PRESSES DE LA CITÉ

ISBN 978-2-258-10006-0

Presses de la Cité | un département **place des éditeurs**

place des éditeurs

A Josyane et Louise, avec qui j'ai traversé ce Chemin des Dames, ses fantômes et ses moustiques

Première partie

C'est quand tout va bien que les ennuis commencent

1

1er août 1915, Fontenoy

Anesthésié par les coups du soleil qui, toute la journée, avaient boxé la vallée de l'Aisne et aplati le relief calcaire, le 96e régiment d'infanterie établit son campement provisoire dans le secteur ouest, l'ombre y étant plus franche. Un an qu'ils avaient quitté les moissons la bouche en cœur et la fleur au fusil, certains d'être de retour pour les vendanges, pourtant il avait bien fallu se rendre à l'évidence : la guerre prenait ses aises, elle était bien la seule.

Depuis des semaines, des mois qu'il parcourait à tâtons Champagne et Picardie – ils avançaient et reculaient, obéissant à une ligne de front dont la logique lui restait un mystère –, le soldat Bertail n'en revenait pas de la platitude de cette région de France. Dans huit heures, son bataillon rejoindrait l'enfer des tranchées et Bertail, contrairement à ses camarades, n'avait pas souhaité profiter des mirages qu'offrait Fontenoy, bourgade ravagée par la hargne, engourdie par l'alcool. Aux ricanements des filles de joie promptes à offrir leurs plaisirs écarlates et propager la syphilis, il préférait le calme, l'isolement et la fraîcheur du soir.

Il repensa à la dernière lettre qu'il avait envoyée à sa sœur. La censure ne permettrait pas la lecture de ces phrases, pourtant il s'était entêté à conclure sa missive sans détour : « *Nous allons tous crever, l'atmosphère n'est plus qu'un ouragan de fer et de feu.* »

Pour l'heure et à perte de vue, des champs de betteraves s'étendaient comme des tombeaux, or cet océan de verdure grisâtre et boueuse balayé par la brise n'était pas sans rappeler à Bertail la mer et son ressac près desquels il avait grandi et qui lui manquaient tant.

Il ferma les yeux, tentant de se figurer les collines de son village du Sud, sa seule patrie en vérité, mais la moiteur de l'air corrompait sa mémoire.

Il repéra un talus façonné par la chance et s'assit enfin. Son pantalon de terrassier en velours côtelé bleu horizon le grattait. La suppression de la déplorable toile rouge garance avait quelques désavantages. Il retira son casque Adrian, laissant apparaître une calotte de fer, sorte de « bourguignotte » du Moyen Age remise au goût du jour. La protection de ces « cervelières » était réelle contre les petits éclats et les balles tirées de loin. Il allongea ses jambes fourbues par les longues heures de marche, puis sortit de sa vareuse son précieux carnet, un journal intime dans lequel il dessinait souvenirs, méandres et promesses.

Il le feuilleta pour l'ouvrir au croquis du paysage que toute son enfance il avait admiré depuis la fenêtre de sa chambre et, comme à chaque fois, il eut presque envie de s'incliner devant la bonté de Dieu.

Il n'en eut pas le loisir, un des siens approchait, confirmant au soldat qu'en temps de guerre la solitude était une imposture. Avec le sentiment d'être réduit à un appeau, il soupira.

Il n'avait jamais compris pourquoi l'homme s'évertuait à s'amasser, telles des ordures, sur le même monticule, délaissant l'espace qui s'offrait alentour. Son compagnon d'armes passa devant lui sans un mot, grêle silhouette voûtée, le cou rentré dans les épaules, semblable à un échassier.

Soulagé de constater que ce dernier recherchait autant que lui un coin paisible, Bertail ne le retint pas et s'étira, les bras derrière la nuque, heureux de s'être trompé sur la nature humaine, ou ce qu'il en restait.

Il ferma ses paupières, oubliant que l'apparence de la paix n'était pas la paix, que bercée d'illusions elle pouvait être pire.

Nous allons tous crever, certains avant les autres.

2

Au dernier étage du palais de justice de Lyon, les combles avaient été aménagés dans leur longueur.

Côté Saône, le matériel nécessaire au laboratoire scientifique de la police, le premier du genre avec, au fond, le bureau du professeur Hugo Salacan. Grâce à une baie vitrée, l'inflexible Croix-Rousse y devenait imprenable, même par grisaille.

Le commissaire Victor Kolvair avait, lui, investi la soupente, aussi humide mais bien plus sombre, dominant la rue Saint-Jean.

L'obvers et l'envers, à l'image de leur collaboration.

Dans quelques semaines, le prix Nobel de physique serait attribué et la communauté scientifique attendait le résultat de cette guerre des nerfs. Hugo Salacan n'y dérogeait pas.

— J'espère que ce sera Einstein, dit-il à voix basse en écrivant *Tyroglyphus* sur l'étiquette d'un bocal rempli de larves d'acariens, une espèce rare qui avait la particularité de se promener sur les téguments des cadavres et accumulait ses déjections sous forme de pulvérin jaunâtre.

Le professeur reposa le pot puis en saisit un autre, joyau de sa collection : des dermestes et des anthrènes, ces travailleurs de la seconde année. Grâce à eux, il avait un jour daté la mort d'un enfant retrouvé momifié, emmuré dans la maison de sa mère assassine.

Hugo Salacan était fier de l'émulation qu'inspirait à ses homologues du monde entier ce laboratoire dédié aux enquêtes criminelles. Dans ce modeste grenier du palais de justice de Lyon, sous les combles, technologie de la science et logique de l'intelligence s'alliaient pour résoudre les meurtres les plus sordides. La réputation du duo d'enquêteurs commençait à précéder leurs innovantes méthodes, forçant l'admiration de la communauté scientifique autant que policière.

Tout est fin prêt, songea le professeur, satisfait de l'ordre qui régnait dans son antre

Salacan ne cachait pas qu'il se sentait flatté de recevoir demain Kenneth M. King et Craig Copper. Deux New-Yorkais à Lyon, rien de moins courant.

Le premier, Mr King, était un entomologiste de renommée internationale. Salacan l'avait rencontré à Cambridge l'année passée.

Le second, Craig Copper, portait bien son nom puisqu'il était, de fait, un « flic ». Il enquêtait au bureau de la Prohibition de New York. Salacan l'avait connu là-bas en 1918, lors de son voyage avec Edmond Locard : les deux experts avaient été invités à se joindre au périple politique d'un troisième Lyonnais, le radical-socialiste Justin Godart. Alors sous-secrétaire d'Etat à la Santé militaire, l'homme, avocat dans le civil, était un proche du maire lyonnais actuel. Salacan connaissait bien Justin Godart : le sous-secrétaire et le scientifique lyonnais partageaient la passion de Guignol.

En réalité, cette visite américaine à la fin du conflit mondial permit sur le tard une réforme nécessaire et décisive du service de santé militaire : donner la priorité à l'évacuation des blessés lors des combats plutôt qu'au transport des troupes et du matériel, comme c'était encore le cas.

Cette réforme n'aurait jamais été entreprise si en 1917 l'un des éléments-clés du plan de bataille de Nivelle, l'Hôpital d'opération et d'évacuation (HOE), ne s'était révélé un véritable fiasco humanitaire.

Salacan n'avait jamais mis les pieds en Picardie et n'y tenait pas particulièrement : pendant le conflit, le scientifique avait opéré des milliers de soldats, ceux rapatriés à la suite de l'offensive du Chemin des Dames continuaient de le hanter. Le professeur n'ignorait pas que Louis XV avait fait ouvrir cette ancienne voie romaine pour ses filles, surnommées « dames de France », afin de faciliter leur transport jusqu'au château de la Bove.

Lorsque l'offensive du Chemin des Dames fut lancée, les soldats étaient épuisés par trois années absurdes de bataille de position. Tout cela pour gagner quelques mètres de terres et récupérer les minerais de fer de la Lorraine.

Chaque HOE, conçu avec une capacité maximale de trois mille lits, devait opérer et traiter les blessés en vue de leur évacuation vers les hôpitaux de l'arrière.

Partout le long du Chemin des Dames, le déferlement des blessés mit en lumière l'inachèvement de ces HOE : les baraques, certes édifiées, étaient sommaires et furent rapidement submergées par le nombre. Nivelle, dont le plan se fondait sur des prédictions plus qu'optimistes, vit son offensive, ironie du sort ou tragédie de l'hybris, minée par ses propres troupes.

L'offensive n'avait pas si mal commencé, se souvint le professeur : malgré de très lourdes pertes, les troupes françaises enfoncèrent les premières lignes allemandes, capturant près de vingt-deux mille prisonniers. Mais elles se heurtèrent ensuite aux secondes lignes allemandes : parfaitement à l'abri dans les grottes du versant sud, protégées par des centaines de nids de mitrailleuses, elles se révélèrent beaucoup plus résistantes. Nivelle n'y avait pas pensé.

De toute façon, le terrain offrait peu de couverture aux attaquants, l'état-major ne pouvait l'ignorer. C'était le point faible du plan de Nivelle. Les poilus furent étrillés.

Le professeur Salacan n'avait pas connu l'enfer des tranchées et du front. En revanche, médecin à l'arrière opérant sans relâche, il avait subi de plein fouet le désastre sanitaire du plan du général. Des frissons courbèrent son échine à la seule réminiscence de l'état déplorable des centaines de soldats qu'il avait accueillis fin avril à Paris. Par quel miracle ses confrères et lui-même avaient évité la propagation de la gangrène, Salacan n'en savait fichtre rien.

En ce printemps 1917 et contre toute attente pour la saison, la neige et la pluie tombèrent d'une manière quasi continue, rendant le terrain très boueux et les conditions d'accueil des blessés particulièrement difficiles.

Outre le mauvais temps, du 16 au 20 avril le nombre des blessés à l'avant balaya les prévisions les plus pessimistes. En à peine quatre jours, près de trente mille estropiés affluèrent vers l'arrière. Dans tous les corps d'armée, l'invasion tant redoutée des petits blessés se produisit : pris de panique, ces derniers envahirent les baraques d'hospitalisation au détriment des grands blessés, lesquels se trouvèrent exposés aux sévères intempéries.

L'apogée de cet ouragan eut lieu à Prouilly, où l'HOE avait été initialement prévu pour deux corps d'armée. Or, le médecin-chef fut simplement avisé le 16 avril qu'il recevrait, à partir de minuit, les évacuations des blessés de deux corps d'armée supplémentaires. A deux heures du matin, son supérieur lui ordonna de surcroît d'accueillir la brigade russe, exsangue.

C'est ainsi que 5 700 agonisants envahirent l'HOE, pour 1 304 places disponibles.

En quelques heures, Prouilly fut envahi de morts-vivants.

L'HOE prit dès lors l'allure d'une immense ruche où des boissons chaudes à base de thé alcoolisé furent distribuées. Une ruche dont certaines alvéoles furent oubliées, parce que remplies d'éclopés ayant échappé au triage ou déposés à la hâte là où subsistaient des places disponibles. Ces malheureux, dont les soignants ignoraient la présence, ne reçurent aucun soin pendant plusieurs jours.

La seule solution possible, outre le renforcement du personnel médical et du matériel chirurgical existants, était l'évacuation rapide des blessés graves qui ne pouvaient être opérés dans des délais raisonnables.

Averti, le médecin-chef de la 5e armée, le docteur Béchard, expédia en toute hâte une compagnie de territoriaux pour rétablir l'ordre, plusieurs milliers de fournitures de couchage, deux cents quintaux de paille.

C'était trop tard. Rien ne fonctionna comme prévu.

La neige qui s'abattait sans discontinuer depuis plusieurs semaines inondait les tombes, étranglait les sources. Dans un paysage en noir et gris, les arbres avaient été décimés, les troncs calcinés, les bulbes empoisonnés, l'éternité réduite à l'horizon géométrique des cimetières militaires.

Le service des évacuations par trains sanitaires, dont la souplesse et la rapidité devaient suppléer à l'insuffisance et à l'épuisement des équipes chirurgicales, se déroba aux injonctions pressantes. Les HOE, privés de ravitaillement par la tempête, se retrouvèrent dans l'impossibilité d'utiliser les camions pour évacuer un minimum de soldats.

Venu leur prêter main-forte dès la journée du 17 avril, le sous-secrétaire d'Etat à la Santé militaire Justin Godart téléphona personnellement au commissaire régulateur pour le conjurer d'envoyer deux trains destinés à transporter à Paris huit cents blessés à opérer. En vain.

L'évacuation ne commença en réalité qu'à partir du 20 avril. Et encore... Le lendemain, deux des trois trains enfin affrétés prirent une mauvaise direction : l'un se retrouva à Cahors, l'autre à Bordeaux. Salacan avait été scandalisé car plusieurs centaines de blessés, qui auraient pu être sauvés, avaient succombé à cause de ces négligences.

Sur le front, puisque les forces françaises n'avançaient plus et que les résultats obtenus étaient marginaux (la prise du plateau de Californie et du fort de Condé-sur-Aisne), l'offensive fut suspendue le 21 avril.

Elle reprit néanmoins à partir du 4 mai sans apporter de victoire notable. Ce fut pendant ce deuxième acte que de nombreuses mutineries éclatèrent en réaction aux nombreuses victimes et aux conditions de vie effroyables des poilus dans les tranchées.

A la fin du mois de mai, au bout de plus de six semaines de carnage, le grand état-major admit l'échec de ses manœuvres. Pétain arriva, mais le mal était fait.

L'échec de cette offensive provoqua une crise de confiance sans précédent dans l'armée.

Le conflit de responsabilités qui s'ensuivit poussa le haut commandement, soucieux de montrer qu'il n'était pas directement responsable de l'échec de l'offensive Nivelle, à chercher un bouc émissaire : ce fut sur le Lyonnais Justin Godart que le sort tomba.

Godart fut entendu par la Commission de l'hygiène, puis interpellé en comité secret à la

Chambre des députés et au Sénat. Sa mise en cause intervint au moment même où, pour mettre en difficulté le gouvernement vis-à-vis des Alliés et des commissions parlementaires, le haut commandement exhibait des statistiques qui minoraient le nombre des tués : 15 000 au lieu des 25 000 annoncés au Parlement par Poincaré, Ribot et Painlevé. Bien sûr, le haut commandement n'avait pas hésité non plus à majorer celui des blessés.

En excellent avocat, Justin Godart établit lui-même sa défense sur la base de documents habilement empruntés au Quartier général, prouvant que les erreurs de prévision et les insuffisances de préparation étaient imputables au seul commandement. Avec son ministre de tutelle Paul Painlevé, ils profitèrent du désarroi causé par l'échec de l'offensive pour réorganiser le service de santé militaire, et furent à l'origine de cette réforme fondamentale, essentielle, du service de santé : désormais, priorité à l'évacuation des blessés.

Craig Copper, le policier américain, passionné par la théorie de l'échange, rêvait de longue date de venir à Lyon. Il avait saisi l'opportunité de la visite de l'entomologiste pour se joindre au voyage. Craig Copper souhaitait rencontrer le commissaire Kolvair, avec qui il s'était plusieurs fois entretenu au téléphone. Mr King et Hugo Salacan devaient ensuite gagner la Suisse pour un séminaire scientifique. Cette perspective exaltait d'autant plus le professeur lyonnais qu'il avait convaincu son épouse Justine et leur fille Suzanne de l'accompagner.

L'enfant, âgée de cinq ans, souffrait d'une déficience mentale. A Lausanne, Salacan avait prévu de la faire examiner par le jeune docteur Boris Ephrussi. Ce brillant généticien effectuait travaux et recherches sur un traitement chromosomique, et Salacan espérait secrètement que sa fille pourrait en bénéficier.

Atteinte d'un mystérieux handicap appelé par certains de ses confrères « idiotie mongoloïde », Suzanne était la dernière des six enfants de Salacan. Il connaissait par cœur les scandaleuses conclusions du médecin britannique John Langton Down, lequel avait publié en 1866 un article intitulé sans honte *Observations sur une classification ethnique des idiots*, insinuant que cette maladie découlait d'une « régression raciale », voire d'une « forme archaïque de l'homme ».

Down présupposait que la race blanche était supérieure et il avait décrit, outre la régression mongolienne, une régression éthiopienne et une régression malaise. Un esprit étriqué, comme la science en engendrait parfois.

Avec d'autres confrères, Salacan avait il y a peu discuté du don de mimétisme des enfants atteints du même handicap que sa Suzy. Il essayait de ne pas prendre sa fille pour un sujet d'étude, mais ne pouvait s'en empêcher. Cette pathologie méconnue incarnait la limite de la science, son érosion constante.

« Ce qui compte n'est pas ce qu'on sait mais ce qu'on découvrira », répétaient les généticiens de tous bords.

Craig Copper, lui, passerait ses journées à Lyon avec le commissaire Kolvair.

Encore faudrait-il que ce dernier daigne réapparaître, admit soudain Salacan.

Il réalisa qu'il n'avait pas croisé son collègue depuis deux, peut-être même trois jours. Sans l'inquiéter, l'absence de Victor Kolvair l'intriguait.

Longtemps, le scientifique s'était demandé si le policier avait une vie privée. Sa mère était morte l'année précédente et Kolvair n'y avait fait allusion que très récemment. Le commissaire avait une sœur, Salacan l'avait appris par hasard, au détour d'une conversation.

Le scientifique sourit. Depuis plusieurs mois, la rumeur courait dans Lyon sur une probable liaison entre le commissaire et la psychiatre Bianca Serraggio, directrice de l'asile de Bron.

Rien d'officiel pour le moment, se rappela le professeur Salacan.

Il se retint de téléphoner à la belle jeune femme. Après tout, Kolvair avait bien le droit de lever le pied qui lui restait.

Salacan tritura sa moustache. Kolvair n'avait pu oublier l'imminente arrivée des Américains, il n'allait plus tarder, le professeur n'en doutait pas. Le policier avait raison de profiter de l'accalmie qui sévissait sur Lyon actuellement.

Depuis près de trois semaines, aucun cadavre n'était à déplorer dans la région.

Dans la vie d'un enquêteur criminel, ces répits étaient trop rares pour ne pas être saisis.

Le professeur avait, quant à lui, mis à profit ce temps suspendu pour classer ou archiver ses travaux et corriger les copies des examens de ses étudiants.

Un jour de plus et il prendrait de l'avance, s'amusa-t-il. C'est inespéré, reconnut le scientifique qui passait son temps à le rattraper. La vie était un perpétuel compte à rebours.

Salacan en était là de ses réflexions lorsqu'il entendit une bousculade dans le couloir : sa petite famille.

Immuablement, chaque soir du troisième jeudi du mois, la famille Salacan assistait au spectacle des Amis de Guignol. S'y jouait ce soir *Le Pot de confiture*, la pièce de Laurent Mourguet dans laquelle Guignol était accusé de s'être servi directement dans les pots avec la langue.

— Pourquoi, alors qu'il est plus facile de tremper le doigt ? demanda Charles, un des trois garçons Salacan.

— Parce que Guignol savait que les doigts laissent des traces papillaires dans une substance plastique comme la confiture, rétorqua Denis, amusé.

Denis, l'aîné, se sentait investi d'une responsabilité à l'égard de sa fratrie.

Ravi de cet échange, le professeur éteignit la lumière du laboratoire.

En quelque sorte, admit-il, la marionnette avait peut-être bien inventé la preuve par les empreintes digitales.

3

Jacques Durieux, brillant élève du professeur Hugo Salacan, était devenu son plus fidèle assistant. Pour cet esthète de vingt-cinq ans au physique ténébreux, la science n'était pas infuse.

Avec l'arrogance de la jeunesse, il estimait que les règles fixées n'étaient jamais figées. Tout restait à inventer.

Il avait grandi en Savoie, à Champagny-en-Vanoise. Son village haut perché devait sa survie et son indépendance à la pratique du fruit commun. L'été, les troupeaux de tout le village partaient dans les alpages. Le lait récolté, fruité et fleuri, aux saveurs de l'herbe grasse de l'altitude, était ensuite transformé en beaufort. Chaque villageois recevait sa part de fromage au prorata des vaches confiées à l'alpage communautaire. L'union faisait la force, Durieux en était viscéralement convaincu.

La vie au grand air, orchestrée par les caprices de la montagne, avait appris à Durieux la débrouille et la technique, la responsabilité individuelle, l'ouverture des voies, l'extase provoquée par toute découverte.

Reconnaissable de loin avec sa tignasse épaisse et le petit sac à dos qui ne le quittait jamais, il avait obtenu de pratiquer la course à pied à la tombée de la nuit, dans le parc de la Tête d'Or, en principe à cette heure fermé au public.

Sans arrêter sa foulée, il se retourna puis, entre deux respirations, claironna :

— Un dernier ?

Il sourit à la jolie jeune femme qui le talonnait.

Les cheveux coupés à la garçonne, une frange lui barrant le front, coquette même dans l'adversité, elle se prénommait Blandine.

Propriétaire d'un typique bouchon lyonnais à deux pas du palais de justice et de la police judiciaire, la jolie demoiselle avait entamé une liaison avec l'assistant du professeur Salacan et du commissaire Kolvair par pur intérêt politique. Durieux, absorbé par son travail, ses ambitions et ses sommets, se contentait des pointillés de leur histoire, s'arrangeant pour qu'ils prennent parfois l'apparence d'une virgule. Point trop n'en faut.

Manquant de souffle, Blandine déclina d'un hochement de tête, trouvant soudain farfelue cette idée de courir si tard. Elle était loin de se sentir aussi à l'aise dans l'obscurité que Durieux, aveugle comme tous les amoureux.

Durieux déposa un baiser sur la joue de Blandine avant de s'éclipser sous une lune invisible. Aucune étoile, nota le sportif, absorbé à compter ses foulées. La solitude à l'état pur, celle qu'il recherchait.

Il y avait de l'électricité dans les gestes de Blandine. Jacques Durieux, réceptif, ne se l'expliquait pas.

Elle le regarda s'éloigner, incapable de devancer ses espérances.

Chaque jeudi, elle le retrouvait chez lui. Invariablement, il ouvrait une boîte de lentilles qu'il agrémentait de petit salé. Invariablement, le réchaud les cramait. Invariablement, ils passaient la nuit à parler des montagnes, de la nature et de l'état du monde. Invariablement, ils faisaient l'amour au lever du jour. Un brin fastidieux !

Pourtant, sans doute parce que durant toute son enfance elle avait été ballottée, Blandine devait bien admettre qu'elle commençait à aimer ce repère hebdomadaire. Il ressemblait au port d'attache où larguer ses amarres devenait un jour possible.

— C'est du bidon, tout ça !

Blandine sursauta, avant de se ressaisir. Romain.

Son frère unique à plus d'un titre, copie conforme de Miguel Almereyda, ce militant anarchiste cofondateur du journal satirique *Le Bonnet rouge*. De son vrai nom à rallonge Eugène Bonaventure Jean-Baptiste Vigo, le libertaire choisit comme pseudonyme l'anagramme de « Y a la merde ». Militant, il fut incarcéré à la Santé puis à Fresnes avant d'être retrouvé mort le 20 août 1917, étranglé par un lacet.

Romain avait son idée sur la question : pour le jeune Lyonnais et contrairement à la version officielle, la thèse du suicide était fallacieuse et cachait un complot meurtrier. Il vouait en tout cas à ce héros engagé une admiration sans bornes.

— Des rêves de petite-bourgeoise !

Blandine se raidit. Impétueux, orateur plein d'humour, truand à ses heures, elle s'était toujours sentie responsable de lui. Parfois, elle se demandait s'il n'en abusait pas.

Par exemple, il n'avait pas donné signe de vie depuis plusieurs semaines et la surprenait dans ce parc, à la tombée du jour, ce qui induisait qu'il savait toujours où la trouver. Elle, en revanche, devait se contenter de ne jamais le contacter.

Le déséquilibre calfeutrait un malaise.

— Où étais-tu ? demanda-t-elle.

— Chhhttt... murmura-t-il en posant son index sur les lèvres de sa sœur.

La paranoïa, une autre technique du militantisme.

Il n'y avait personne dans ce parc, sauf Jacques Durieux, à qui il fallait dix-sept minutes pour faire le tour du lac en courant. Romain, qui les avait observés, ne pouvait l'ignorer. Elle leva les yeux au ciel.

— Je reviendrai le chercher, expliqua-t-il en fourrant soudain un objet ficelé dans un linge blanc dans les mains de sa sœur sans qu'elle ait le temps de réagir.

Blandine reconnut la forme et le poids d'un pistolet. Atterrée, elle recula d'un pas. Sa tête dodelinait. Dans quel mauvais plan s'était encore empêtré son frère ?

— Je te demande juste de le planquer, précisa-t-il comme s'il s'agissait d'une faveur qu'il lui accordait.

Blandine eut besoin de prendre appui contre un arbre et ne parvint à réprimer un haut-le-cœur.

Romain, impatient, ne cacha pas son exaspération :

— Il n'est pas chargé, tu n'as rien à craindre !

L'étau de la lassitude enserra la tête de la jeune femme.

— C'est la dernière fois, Romain, parvint-elle à articuler.

Il lui sourit, elle disait ça à chaque fois.

Blandine fixa le pistolet et une puissante nausée l'envahit, noyant les reproches qu'elle n'eut pas l'énergie d'asséner à ce frère. Les mêmes depuis toujours.

— Dans quelques jours, tu verras, le monde va changer. Les bourgeois de Lyon vont payer !

Elle blêmit, Romain ne le remarqua pas, la nuit avait des avantages.

— Tu ne crois pas que tu en fais un peu trop ? demanda-t-elle dans un souffle d'ironie.

Il haussa les épaules, prononça un fraternel « salut », puis se volatilisa de nouveau. Blandine renifla un sanglot avec le sentiment tragique d'assister, impuissante, à la dérive de son frère. Elle faisait ce qu'elle pouvait, assurant les arrières de ce chien fou. Pour lui, elle s'était compromise plus d'une fois.

Pour lui, elle avait tenté de soudoyer le commissaire Kolvair. Un échec, le policier se contentant de la formule avec un plat unique, celle où il n'y avait jamais de dessert. Pour lui, elle avait mis le grappin sur Jacques Durieux.

Jamais, en y repensant, Romain ne l'avait remerciée. Jamais elle ne lui avait demandé de comptes. Mais cette arme…

Blandine se mit à grelotter et, entraînée par un nouveau hoquet, elle vomit, se souvenant que, plus tôt dans l'après-midi, elle avait été prise des mêmes vertiges et symptômes.

4

— C'est toujours comme ça avec les cancrelats, ils sont déjà morts qu'ils refusent de l'admettre...

Sur ses gardes, parlant bas comme un coupable qui craint d'être suivi, le procureur Pierre Rocher remontait la traboule mal éclairée. Le ton vindicatif et amer avec lequel il venait de s'exprimer ne laissait aucun doute sur son intention d'en découdre.

Il n'était pas à l'aise dans cet endroit, les odeurs de pisse qu'il associait à la classe populaire lui répugnaient.

Pas très grand, ce qui ne l'empêchait pas de se sentir supérieur, Rocher avait la silhouette aussi voûtée que ses idées, lesquelles avaient tendance à se radicaliser.

Il s'agissait de faire tomber le cerveau d'un trafic international de films érotiques, basé à Lyon. Rocher, d'autant plus concerné qu'il avait découvert que sa propre fille avait joué dans l'un d'eux, se sentait investi d'une mission.

Selon lui, il était évident que sa progéniture était tombée dans un guet-apens : lorsqu'il mettrait la main sur l'ordure qui risquait, en cas de fuite, de déshonorer son nom, Rocher ne se gênerait pas pour faire payer au prix fort son affront au scélérat.

En toute discrétion, il avait chargé de l'enquête l'inspecteur des Brigades mobiles Julien Legone, dont il appréciait officieusement les méthodes drastiques.

A ses côtés, le policier écoutait les consignes en silence.

— Une bonne fois pour toutes, débarrassez-moi de ces pollueurs, siffla le procureur entre ses dents.

Rocher semble à point, songea l'inspecteur en réprimant un sourire.

Il s'était arrangé pour dévier l'enquête vers le milieu libertaire, repoussant loin de lui toute piste pouvant mener à sa personne.

Cependant, s'il était vrai que le policier Julien Legone avait jusqu'à présent maîtrisé la situation, il fallait bien admettre qu'il ne s'était pas imaginé Pierre Rocher capable d'aller aussi loin dans ses investigations revanchardes.

L'inspecteur des Brigades du Tigre retint avec peine un sourire, repensant à l'ardeur que Philomène avait déployée dans les quelques films qu'il avait tournés avec elle. Si depuis l'accident de voiture qui avait opportunément troublé sa mémoire, la jeune fille passait pour une innocente victime, l'oie blanche que Rocher prenait aujourd'hui pour sa fille était loin de la perverse ingénue qu'avait bibliquement connue l'inspecteur.

— L'autorité d'abord, le respect suivra, continua le procureur en reprenant sa marche.

Legone l'imita.

Un certain Antoine Renoux, que le policier avait localisé deux mois plus tôt dans un repaire d'anarchistes, s'était révélé un parfait suspect numéro un.

Rocher, apprenant la nouvelle, s'était frotté les mains : arrêter Renoux et son indigne trafic en même temps que ces pestiférés d'anarchistes serait le point d'exclamation final de sa carrière.

De ceux qui entrent dans les annales, se prit-il à rêver.

Il comptait en effet profiter de cette occasion pour annoncer son entrée sur la scène politique lyonnaise : Herriot, l'actuel maire de Lyon, n'avait qu'à bien se tenir.

L'issue de l'enquête devait être un succès, les solutions de repli ne faisaient pas partie de la stratégie de l'homme de loi.

Avec Rocher, les réussites étaient aussi implacables que les défaites.

— Quand connaîtrez-vous le lieu ?

Afin de ne laisser aucune chance de survie à ces groupuscules, à ses yeux la pire vermine de l'espèce humaine, afin de s'assurer de leur éviction définitive, Rocher avait obtenu que Legone s'immerge dans la planque de Renoux.

Deux mois que l'inspecteur jouait l'anarcho-syndicaliste pour gagner la confiance du suspect.

Legone n'avait pas lésiné sur les postiches, notamment un nez : reconstitué en latex, il tenait sur son visage attaché à des lunettes. Legone avait également acheté un œil de verre. Ce déguisement métamorphosait la physionomie du policier, rendu méconnaissable. Avec la guerre et sa déferlante de gueules cassées, le marché de la prothèse explosait, et Legone connaissait les meilleurs fabricants.

Le résultat est édifiant, convint le procureur en l'observant à la dérobée. Il en venait même à se demander pourquoi le policier des Brigades Mobiles n'avait pas opté pour cette solution plus tôt, et s'acharnait à leur imposer la vue de son visage ravagé chaque jour que Dieu lui avait accordé depuis son retour du front.

Le procédé exigeant de ne pas rester découvert, Legone portait une casquette de velours côtelé. Ainsi passait-il définitivement inaperçu au milieu des ouvriers et des anarchistes.

Prisonnier de son stratagème, Legone travaillait à l'usine la journée, rejoignait ensuite la planque des anars, participait aux réunions clandestines et tardives.

Or, hier, il avait été mis dans la confidence : un attentat se préparait. L'occasion inespérée d'un flagrant délit, qu'il comptait bien exploiter. Ce devrait être un jeu d'enfant.

Le policier composait le film de sa vie.

Cette infiltration, sa première, l'avait un temps excité : tant de fois, le vrai Legone lui avait relaté les récits épiques de ses enquêtes.

Aujourd'hui, lassé de cette expérience, il aspirait à son dénouement.

— Renoux ne lâchera rien avant demain.

Le procureur regarda l'heure, il n'avait plus beaucoup de temps avant son train. Il saisit dans la poche intérieure de son manteau un coin de feuille volontairement chiffonnée.

— Tenez-moi informé à ce numéro, précisa-t-il.

Legone serra dans son gant le papier puis, bien qu'il n'y ait pas âme qui vive alentour, prit soin de vérifier que personne ne pouvait lire par-dessus son épaule. Enfin, malgré le manque de clarté, il déchiffra : « HDV – 48 24 ». Il répéta trois fois de suite à voix basse « Hôtel de ville, 48 24 » puis avala le papier.

Rocher fit comme s'il n'était pas surpris, d'ailleurs il ne l'était pas. La méfiance de Legone, son professionnalisme frisaient parfois l'excès de zèle, mais le procureur appréciait et lui tapota l'épaule.

— Pour la suite, vous avez réfléchi ?

L'homme de loi avait parlé vite, indiquant qu'il ne comptait pas s'attarder. Comme si Legone attendait cette question, il répondit aussitôt, d'une voix à peine audible :

— Vous remercierez le préfet de Paris, je ne quitterai pas Lyon.

Rocher, dont les lèvres avaient commencé à se soulever de satisfaction, se figea. Il n'avait pas dû bien entendre.

— Ma mère, plaida Legone. Je ne peux pas lui faire ça, résuma-t-il.

La famille... Le point insensible du procureur, lequel réprima un soupir d'impatience : l'inspecteur était en train de refuser sa future nomination à la prestigieuse Brigade du 36, quai des Orfèvres de la capitale.

Rocher, sidéré par tant d'insouciance, ne trouva quoi rétorquer.

— Kolvair... murmura soudain le policier dans le creux de l'oreille de l'homme de loi.

Ce dernier détestait les familiarités. Contrarié, il se dégagea.

— Eh bien quoi, Kolvair ? demanda-t-il en fronçant ses sourcils préhistoriques.

Legone prit le temps d'allumer une cigarette, élargissant son sourire boursouflé :

— C'est avec lui que je veux travailler.

5

— Margot serait vraiment contrariée...

Damien Badou avait baissé d'une octave le timbre de sa voix. Cinq tons et deux demi-tons diatoniques plus exactement ; l'exercice était difficile mais la vie avait appris l'obstination à ce praticien de la médecine légale.

A force d'entraînement, il s'adressait à son ancien amant avec un détachement exemplaire. Le plus dur était de le regarder dans les yeux. Badou s'y efforça, soutenant son regard, habitué à s'attarder sur celui des morts.

Armand Letoureur, jeune et impassible, beau et provocant, se tenait face à lui, les fesses sur le capot de sa voiture.

Journaliste au *Progrès*, bisexuel par commodité, les idéaux asservis à l'ambition, il signait ses articles de son seul patronyme, se jurant, chaque jour que Dieu faisait, de le faire entrer dans la légende. Letoureur écrivait sur les crimes, avec la prétention d'interroger la société.

Il se pencha pour ouvrir la portière.

— Vous êtes sourd, docteur ? lança-t-il au légiste en prenant place dans l'habitacle.

La familiarité planait sur cette remarque, Badou ne releva pas.

De nombreux hommes utilisaient le sexe comme simple déversoir, certains, dont Badou, le considéraient plutôt comme un exutoire.

Pour d'autres, dont Armand Letoureur, il était un pouvoir assumé.

Abusé par un professeur lors de son séjour à Mettray, un bagne pour enfants devenu récemment tristement célèbre, Letoureur, puceau adolescent, avait appris à la dure le prix de la soumission. Rapidement, ayant constaté que la pratique de la sodomie et de la fellation égayait nombre de ces bons messieurs, il s'était décidé à la monnayer.

L'argent n'était pas son moteur. Abandonné à la naissance, il n'avait soif que de reconnaissance. Amants et maîtresses, auprès de qui il obtenait informations et confidences sur le traversin plus qu'à son tour, servaient sa carrière.

Damien Badou, lui, orphelin de père à six ans, avait toujours été choyé par sa mère, à qui il vouait une admiration sans borne. Impitoyable mais juste, elle avait élevé son fils comme le soldat aiguise son épée. Badou n'avait jamais eu à douter de la reconnaissance ni de l'amour de sa mère.

Ses pairs ne tarissaient pas d'éloges sur ce passionné de médecine légale, jamais avare de certitudes. Badou n'hésitait pas, en plus de prodiguer de judicieuses techniques de dissection, à disserter avec ferveur de son joli métier.

Il répétait, non sans humour, que le crime, en effet, ne payait pas : en particulier ceux dont le métier était de le décortiquer. Que la publication de ses ouvrages sur les techniques médicolégales lui permît d'engranger de l'argent était bien la moindre des choses.

Tout naturellement, comme deux courants adverses qui s'attirent, le médecin conservait une réelle fascination pour la force vitale de celui qu'il avait chevauché avec un plaisir non feint et dont il ne connaissait en fin de compte pas grand-chose, sans doute pas l'essentiel.

Lorsque le glas de leur liaison avait sonné, ils avaient établi un pacte tacite. Etait induite la présence amicale d'Armand Letoureur au mariage de Damien Badou, dans trois jours. Letoureur avait même accepté, à la demande de Margot, la future mariée, d'être leur témoin.

Or, le départ imminent du reporter à Versailles contrariait le légiste, victime en son temps des rendez-vous manqués de Letoureur. Le bel éphèbe avait la fièvre des reportages.

— Je vous l'ai dit, je serai rentré.

Le procès qui se tenait actuellement à Versailles enflammait la France. Horrifiée ou exaltée, le macabre suspect la tenait en haleine : Landru était décrit comme meilleur orateur que son avocat.

Armand Letoureur avait convaincu son rédacteur qu'il était le meilleur pour couvrir la fin du procès. Cupidité de l'assassin, naïveté des veuves en quête de fleurette, le feuilleton était presque trop beau. La pièce à conviction principale, une cuisinière massive dans laquelle Landru avait brûlé ses riches victimes, des veuves pour l'essentiel, serait exposée demain à la cour d'assises. Letoureur ne souhaitait pas rater l'événement.

Cependant, pour rien au monde il n'aurait fait faux bond aux noces annoncées. Badou restait l'accès direct aux rapports d'autopsie, une mine d'or qu'il continuait de préserver jalousement.

— Rassurez Margot. Dites-lui que je suis un homme de parole.

Damien Badou fixait le profil du journaliste. J'ai toujours eu bon goût, convint-il en lui-même.

— Moi qui vous prenais pour un homme de papier...

Imperturbable, Letoureur fit tourner le moteur.

— Je ne pose jamais de lapin à une dame, rétorqua le journaliste.

Sans sourciller, Badou avala le sous-entendu.

Letoureur démarra, sa voiture disparut après le premier virage, comme un deuil brutal. Le légiste enfouit les mains dans les poches de son manteau et s'éloigna dans le sens inverse. Il préférait garder à l'œil le talentueux reporter, qui en connaissait trop long sur ses penchants. Ceux-là mêmes qui avaient été dénoncés par lettres anonymes, à plusieurs reprises, et menaçaient de lui coûter son mariage.

D'amant passionné, Letoureur était-il devenu son maître chanteur ? Sur la liste de ses suspects, il restait le numéro un. Le légiste, à force de côtoyer le commissaire Kolvair, en utilisait le dialecte. Depuis combien de temps n'avait-il pas eu le loisir de croiser l'aimable policier ?

6

— Je n'irai pas, maman...

Le brouillard enveloppa les bosquets d'un coup d'un seul, le temps en fut comme pétrifié. A travers les rideaux entrouverts, Bianca Serraggio fixa le ciel incolore du matin et le grabuge en devenir. Elle tournait le dos à sa mère.

Aussi longue que menue, altérée mais authentique, la maman de Bianca se prénommait Violetta, avait soixante ans et ressemblait à un tableau de Modigliani dont la toile se serait un peu fissurée et écaillée.

Bianca sourit en se rappelant qu'enfant elle s'était imaginé que le peintre était son père, convaincue que chacune des œuvres qu'il exposait représentait sa mère tant la ressemblance entre les visages allongés des modèles et celui de Violetta était frappante. Née d'un viol, Bianca avait bientôt dû se rendre à l'évidence : la réalité, plus cruelle, avait mis fin à cette utopie.

Soudain, la sonnerie du téléphone retentit. A peine six heures. Que signifiait cet appel ? Victor, songea immédiatement la psychiatre.

Sa mère ne bougea pas, signifiant qu'elle ne souhaitait pas interrompre leur échange. Bianca hésitait, pas certaine d'avoir envie de s'entretenir avec l'homme de sa vie en présence de sa mère.

La sonnerie s'interrompit.

— Ce serait mon cadeau de Noël, insista la plus âgée des deux femmes.

Bianca Serraggio, aliéniste réputée, n'ignorait rien des chantages affectifs dont les mères étaient capables. Son passé, réduit à l'état de particules, était sa plus grande force.

Bianca, conçue dans la violence et la haine, n'avait aucune envie de lever le voile sordide de ses origines. La lettre que serrait dans ses mains sa mère n'y changeait rien.

Une missive semblable à un poison, qui indiquait à Violetta que, ses frères et sa sœur étant morts, elle demeurait désormais l'unique propriétaire d'une bergerie et du terrain familial des environs de Gênes.

Bianca avait trouvé touchant que sa mère se cramponnât soudain à ses souvenirs, ceux qu'elle avait si longtemps évincés de sa vie lyonnaise. Au début, Bianca ne leur avait opposé aucun refus définitif. Aujourd'hui, l'idée maternelle tournait à l'obsession, Violetta n'en démordait pas, elle souhaitait récupérer son dû, ce serait sa vengeance, assurait-elle.

Bianca ne parvenait pas à exprimer qu'il lui était impossible, d'une impossibilité radicale et sans retour, de mettre les pieds dans l'immense et silencieux désert de sa conception.

Elle observa sa mère dans le reflet de la vitre : Violetta fit glisser son fauteuil roulant jusqu'à sa chambre dont elle ferma la porte à clé. Une façon comme une autre de montrer son entêtement, les chiens faisaient rarement des chats. Bianca poussa un profond soupir, se promettant de trouver une solution. Elle tenta de se concentrer sur la journée de travail qui l'attendait.

Buvant son café à petites gorgées, elle réfléchit à la nécessité du refoulement, dont elle avait récemment parlé avec Freud.

Les hôpitaux psychiatriques pullulaient d'anciens soldats victimes d'hallucinations et atteints de syndromes dépressifs. Bianca et certains de ses confrères, tels Babinski, Froment et même Freud, relançaient des études sur une question taboue : était-il possible de guérir des violences psychiques de guerre ? L'« obusite », comme l'appelaient certains confrères de la psychiatre.

Etait-il possible d'oublier les explosions d'obus, de mines et de bombes, celles-là mêmes qui provoquaient chez certains soldats des états confusionnels dus à l'ébranlement cérébral ?

L'enfer des tranchées, la régression à l'état de survie animale engendraient sursauts, angoisse, souvenirs obsédants, visions hallucinées, cauchemars, repli sur soi. Peu d'anciens poilus acceptaient de se confier, seule Bianca Serraggio était parvenue à recueillir des témoignages poignants et d'une rare vérité. Sans doute le fait qu'elle soit une femme n'y était-il pas étranger.

Grâce aux encouragements de ses confrères, elle comptait publier ses travaux. Pour cela, le témoignage de Victor Kolvair était essentiel.

Il fallait qu'elle réussisse à le faire parler de cette indicible expérience. Victor avait combattu sur le front, donné sa jambe à sa patrie.

Jamais il ne s'en plaint, songea la psychiatre. Mais jamais il n'en parle.

Comme la majorité des anciens combattants, Kolvair éludait en effet toute discussion sur le sujet.

Bianca tapota le flanc de Néron endormi à ses pieds. Le chien profitait de l'absence de son maître pour se faire dorloter par Bianca.

La psychiatre, lectrice avertie de Proust, n'ignorait pas que la notion du temps était toute relative. Le policier l'avait bien prévenue de son absence nécessaire afin de se consacrer, en toute officiosité, à la filature d'un ancien compagnon d'armes, incarcéré pour mutinerie et libérable incessamment.

Deux jours, ce n'était pas grand-chose. Mais trois nuits sans Victor... Le manque était brûlant.

Cette éternité commençait à ressembler à l'enfer. Elle n'aimait pas se l'avouer et resta sur ses gardes : c'est quand tout va bien que les ennuis commencent.

Deuxième partie

Pire que sous la mitraille

7

Victor Kolvair éprouva une sensation de calme et de paix, l'impression très nette de s'élever et de visualiser son enveloppe charnelle. Le monde changeait irréversiblement de perspective.

Son esprit lui jouait un tour, tout était silencieux et ralenti : un miroir se brisait, une voix lui murmurait « encore », une deuxième ripostait « touche la brume, tombe le masque, bombe le torse. Allume les phares dans la nuit ». Enfin, les voix se turent et Kolvair s'éveilla.

Fourbu et gelé, les côtes endolories, il se sentit comme un accusé, seul face au tribunal, sans aucune défense. L'humeur confuse, mal à l'aise de ne pas savoir quoi faire, il comprit qu'il était allongé. Péniblement, il se redressa sur ses coudes. Sa tête était lourde.

La première chose qu'il vit en ouvrant les yeux fut un immense dragon pétrole grimaçant sur un océan de rouge. Il ne se souvenait pas où il avait déjà vu l'animal.

Quelqu'un jouait de la harpe, sur des banquettes des hommes bien habillés étaient affalés. L'un avait gardé son haut-de-forme, l'autre ses lunettes noires. Le commissaire frotta ses paupières. Il se souvint de la chaleur dans tout son corps lorsqu'il avait aspiré sa première bouffée d'opium, décidé à expérimenter la magie de l'intemporalité.

Mais ensuite… La tête remplie d'effluves, il parvint, à son grand étonnement, à tenir debout.

Comme à un fil, songea-t-il, prenant brutalement conscience qu'il se trouvait au Cosmos, cette fumerie clandestine de la rive gauche.

Il avait cédé à son envie de longue date après un entretien houleux avec le procureur Rocher : le commissaire, convaincu de la dangerosité d'Anthelme Frachant, un ancien poilu ayant fini la guerre en prison et libérable dans quelques jours, souhaitait obtenir l'ouverture d'une enquête. Rocher n'avait même pas pris la peine de consulter le mince dossier :

« Tu me demandes de déterrer des cadavres, en haut lieu on me recommande de les laisser reposer en paix.

— Reposer ? Tintin ! » avait objecté Kolvair, ironique.

Il n'y avait aucun macchabée, la guerre les avait ensevelis, toute la complexité du dossier résidait en ce point précis.

« Tiens-toi plutôt prêt », avait ajouté le procureur.

Le commissaire n'avait pas bronché, il connaissait par cœur les mauvaises énigmes de l'homme de loi et se contrefichait de ses manigances, Rocher se prenait volontiers pour un devin.

Sorti de la moiteur du salon de fumerie, l'atmosphère grise et venteuse le saisit. Se mettre à l'abri du monde était une illusion périssable.

Kolvair, le visage poudré par le brouillard givrant, ajusta son chapeau de feutre souple, un borsalino anthracite qui en avait vu de toutes les couleurs. Il se demanda quelle heure il pouvait être, tâtonna longuement dans ses poches, mit enfin la main sur sa montre. Sept heures. Il crut se rappeler qu'il était arrivé au Cosmos vers six heures la veille au soir.

Plus de douze heures, calcula-t-il. Il avait pris le large en long et en travers. Encore le double à tuer.

Kolvair releva son col. Les nouveaux abattoirs de la Mouche étaient déserts. La guerre, encore elle, en avait retardé le lancement.

Il longea la grande halle, s'éloignant de l'entrepôt dont le sous-sol abritait le Cosmos. En quelques heures, la température avait chuté, il vit là une certaine logique, un rituel de menaces jamais mises à exécution : en août, la canicule avait dévasté la planète et pour recouvrer l'équilibre, l'excès de froid semblait inéluctable.

En plus de la chute du thermomètre, un crachin s'abattait sans discontinuer, n'épargnant aucun recoin.

Pire que sous la mitraille du 26 février, songea le commissaire. Premier jour de la bataille de Verdun.

Il s'arrêta, intrigué par la précision de sa mémoire. Pourquoi cette date de 1916 s'imposait-elle à lui ? A la limite de la nausée, il s'appuya sur sa canne et inspira profondément. Il souffrait d'asthme, après le décès de sa mère ses crises avaient disparu, depuis peu elles refaisaient surface, respirer était un défi.

Contemplant les premières langueurs hivernales, il calma son souffle. Cette guerre avait forgé sa silhouette, elle n'aurait pas son esprit.

— Pas question de ressasser, marmonna-t-il.

Il devait rester concentré : dans vingt-quatre heures, Anthelme Frachant serait libre, Lyon en danger et Kolvair avait pris sa décision : il ne le lâcherait pas d'une semelle. Son intuition le lui commandait, au diable la bénédiction du procureur.

Il rejoignit Gerland, ce quartier pittoresque où il s'engouffra dans le premier bistrot. Il n'avait pas faim, rêvait d'un café et l'avala d'une traite, bercé par le monologue d'un client voisin qui commentait à voix haute la une du *Progrès*. Il y était question de Versailles qui jugeait Landru.

Kolvair soupira, commanda un deuxième petit noir et, le bavard enfin sorti, attrapa le quotidien, commença à le feuilleter. Les nouvelles régionales étaient bonnes, toujours aucun cadavre, les criminels donnaient l'impression d'avoir déserté Lyon.

Je n'y crois pas un seul instant, objecta en lui-même le policier.

Soudain, il fronça les sourcils. Ses yeux venaient de repérer la date du quotidien : 26 novembre.

Si la fonte des neiges révélait la désolation, la réalité déterrait les tourments : ce n'était pas une dizaine d'heures qu'il avait passées au Cosmos à contempler le néant, mais plus de quarante. Il s'accorda un instant de réflexion et un troisième café : Anthelme ne sortirait pas demain, il était sorti hier.

8

Le directeur de la prison Saint-Paul, un petit homme aux épais cheveux argentés, était assis bien droit derrière un bureau large et dégagé. Il feuilletait un registre et confirma que le prisonnier Frachant avait été libéré la veille.

Kolvair l'écouta expliquer qu'il avait indiqué au jeune homme, sans famille, une pension.

— Un détenu modèle, ajouta le directeur en griffonnant une adresse sur un papier.

Anthelme Frachant, cet homme prêt à égorger un de ses semblables sans autre motif que le vol, un détenu modèle ?

Kolvair sourit, à ses yeux cette affirmation confirmait la dangerosité d'Anthelme. Ce qui l'intéressait ne se trouvait pas dans ce que les gens montraient, plutôt dans ce qu'ils cachaient. Il savait Anthelme capable des pires feintes pour arriver à ses fins.

Surtout à celle des autres, songea-t-il en se remémorant le cadavre du lieutenant Bertail, la gorge déchiquetée, baignant dans son sang.

— A-t-il eu des visites ? s'enquit le commissaire.

Kolvair se fiait à son instinct. Pas uniquement. Enquête, filature : leur rythme dépendait de trois entités. Pour arrêter un criminel, Kolvair n'ignorait pas que tout ne reposait pas que sur lui. Sans le savoir, les victimes jouaient leur rôle.

Afin de coincer un coupable, Kolvair ne s'épargnait aucune difficulté. L'objectif était d'instaurer une sorte de connivence, proche de l'empathie, avec la personne traquée. L'exercice n'avait rien d'une partie de plaisir, le commissaire y avait déjà laissé quelques plumes.

Cet enfoiré d'Anthelme, se dit Kolvair.

Concernant la mort du lieutenant Bertail, le commissaire soupçonnait Anthelme de préméditation. Le jeune homme, sous ses airs pleutres, avait eu le temps de repérer sa proie.

— Aucune, répondit le directeur de la prison. Absolument aucune.

Sa jambe fictive démangea soudain Kolvair. Il avait beau savoir qu'il n'y avait rien à faire, que le corps avait une mémoire et que le temps accomplirait son œuvre, à chaque fois il se sentait désarmé : cinq ans après son amputation, il avait du mal à entrevoir la fin de ses hallucinations corporelles.

Le directeur lui tendit l'adresse de la pension, le commissaire ne s'éternisa pas.

S'asseyant au volant de sa voiture, enfin seul, il s'empressa de gratter sa prothèse et, si étonnant que cela paraisse, ressentit un profond soulagement. Il la dévissa, s'emparant en même temps, sous la banquette, d'une boîte en fer ovale sur laquelle il avait gravé : « gamelle de campement, campagne 1914-1916 ». Malgré sa blessure et son évacuation, son havresac ne l'avait jamais quitté.

Une fois guéri et rentré à Lyon, Kolvair avait recyclé les objets qu'il contenait. Dans cette gamelle qui avait tant de fois contenu la viande de singe servie par l'armée, ragoût de bœuf en conserve au goût de chien enragé, le commissaire gardait une paire de gants, un mouchoir, une loupe, un carnet et une mine, un décimètre gradué, du tabac et quelques feuilles.

Il entreprit de se rouler une cigarette, puis secoua sa prothèse : un petit sachet de cocaïne presque vide tomba dans sa paume. Il resserra sa jambe avec difficulté : ses mains s'étaient brusquement mises à trembler. Il prit quelques instants pour les calmer, afin de ne perdre aucune miette de drogue en la saupoudrant sur le tabac. Il embrasa le mélange.

Aussitôt, le brouillard dans sa tête se dissipa. Constatant qu'en revanche celui qui entourait Lyon de son halo avait le triomphe moins modeste, il alluma ses phares. Puis, sans autre choix que d'aller droit au but, il démarra.

9

Une maison d'un étage à façade lisse, la dernière d'une rangée d'habitations mitoyennes. Transpercée par un tuyau de poêle, comme si on lui avait planté un pieu dans le cœur. Il en sortit une colonne de fumée de feu de bois qui se dissipa aussitôt dans le froid.

Aucune enseigne n'annonçait la pension, le commissaire se dit qu'ici les clients n'étaient pas les seuls à la jouer profil bas. Il frappa fort et son insistance finit par payer : une lumière s'alluma et la porte s'entrouvrit sur un homme qui fronçait les sourcils. Kolvair sourit aussi naturellement que son inquiétude le lui permettait, expliqua qu'il cherchait une chambre. La valise à ses pieds en témoignait.

L'homme toisa un moment le visiteur mal rasé puis, remarquant sa jambe en moins, recula et le laissa entrer. Kolvair était toujours étonné de constater combien sa blessure de guerre inspirait confiance.

— Laclé. Yves Laclé, annonça le bonhomme en tendant sa main.

Le commissaire la saisit et se présenta. Il ne précisa pas qu'il était policier.

Yves Laclé et son épouse Lucette avaient dans les trente ans, en paraissaient bien plus. Le couple de propriétaires lui présenta les consignes de l'établissement. Le type était économe, il prenait soin d'éteindre les lumières dès qu'ils quittaient une pièce.

— C'est pas Versailles ici, se justifia-t-il.

Le policier se demanda si les chambres étaient chauffées. La maison était aussi glaciale que le dehors. Sauf dans la cuisine, où un feu couvait sous une bassine noircie par la fumée.

— Cent francs la demi-pension, annonça la femme.

Kolvair n'avait pas de plan, sauf celui de coincer Anthelme au plus tôt. Et, pour commencer, le localiser. Il n'avait aucune certitude sur la présence de l'ancien détenu en ces murs.

Il précisa, histoire de gagner du temps :

— Je ne resterai qu'une semaine...

Pris d'une irrépressible envie d'éternuer, il se pinça le nez.

— C'est ce que dit mon épouse, rétorqua Yves Laclé en souriant. Cent francs la demi-pension.

Le commissaire, effaré, écarquilla les yeux : cent francs la semaine... Le couple abusait. Il éternua.

— A vos souhaits, m'sieur.

Deux hommes venaient d'entrer.

Le plus grand des types, celui qui avait parlé, très à l'aise, posa ses fesses sur l'accoudoir d'un fauteuil, mais c'est le second, resté en retrait, que Kolvair observa. Anthelme. Vêtu de son uniforme de poilu.

Kolvair n'avait jamais pu prouver son implication dans le massacre du lieutenant Bertail. Un cadavre de plus ou de moins au milieu des tranchées, ça ne comptait pas. C'est ce qu'avait clamé le supérieur du commissaire.

Ensuite, la bataille de la Somme avait débuté, sa jambe avait éclaté... Mais Kolvair évita de se laisser happer.

— C'est propre et les repas sont copieux.

Le grand type faisait la réclame, Kolvair sourit, il n'y avait pas meilleure critique pour un hôtelier que sa propre clientèle.

10

La pratique de la filature exigeait un potentiel d'organisation, une sorte de procédure à laquelle le commissaire avait dérogé. Le refus du procureur d'une part, l'épisode du Cosmos ensuite : Kolvair avait atterri chez le couple Laclé, dans cette pension d'Oullins, sans aucune légitimité professionnelle, encore moins de préparation ou de vêtements de rechange.

Ce métier est un sacerdoce, admit le policier pris d'une quinte de toux. Sa première nuit chez les Laclé avait été aussi glaciale que leur accueil.

Avec la flambée du prix du charbon, Yves Laclé se vantait de ne pas avoir cédé au progrès. « Rien de plus sain que le chauffage au bois », répétait-il en recomptant les stères amassés contre le mur, sans jamais les utiliser.

Des coups de marteau provenaient de la chambre d'Anthelme, il s'y était enfermé depuis le début de l'après-midi. En réalité, le jeune homme n'avait même pas pris la peine d'en sortir pour déjeuner. Que fabriquait-il ? Kolvair avait noté que le bricolage intempestif avait débuté après le départ des Laclé, comme si le jeune homme l'avait attendu.

Le policier, tel un cerbère, montait la garde dans la salle à manger, attenante à la cuisine. Les coups martelaient la nervosité du policier, resserrant l'étau déjà sévère qui lui emprisonnait l'esprit.

Installé dans un fauteuil à bascule, le commissaire avait pris soin de poser sur ses jambes une couverture de laine. Mme Laclé, partie en commissions, l'avait chargé de remuer la soupe. Yves Laclé et le grand dadais, quant à eux, coupaient du bois.

Ça les réchauffe, ironisa le policier en attrapant *Le Progrès* de la veille.

En plus du reste, les Laclé conservaient le moindre objet.

Chacun sa marotte, admit le policier.

Une des facettes de son métier consistant à se retrouver plongé dans l'intimité d'inconnus, Kolvair se gardait de tout jugement. Lui avait plutôt l'obsession contraire : estimant les objets étouffants, le matériel superflu, il passait son temps à s'alléger. Sauf lorsqu'il s'agit de matériel de pêche, de disques et de livres, reconnut-il en lui-même.

Yves Laclé avait expliqué au commissaire qu'il perpétuait une tradition familiale : son grand-père ayant décidé de collectionner son siècle, les journaux hérités s'entassaient, même les suppléments étaient précieusement réservés. Triés par années depuis le 1er janvier 1900, Kolvair calcula qu'il y en avait plus de sept mille sept cent cinquante.

Kolvair trouva grisant de se replonger dans une actualité flétrie. Craignant de sombrer dans la nostalgie, il ne s'attarda pas sur l'avant-guerre. En revanche, il prit un malin plaisir à lire pour la deuxième fois le journal de la veille.

A Paxton, dans l'Illinois, un train avait été pillé par des bandits. En Isère, une brève signalait la conclusion d'un imbroglio judiciaire : un innocent condamné à la place d'un déserteur à la suite d'un échange de livrets militaires avait enfin obtenu justice.

L'après-guerre est une bataille d'un autre genre mais une bataille quand même, songea Kolvair.

Une nouvelle fois, il apprécia la déposition de M. Bayle dans l'affaire Landru. Bayle étant le chef du service de l'Identité judiciaire, le commissaire, dans le cadre de ses formations, avait eu à quelques reprises l'opportunité de le côtoyer.

Dans le cas de Landru, il s'agissait de déterminer s'il était techniquement envisageable que le suspect ait brûlé ses victimes dans sa cuisinière, comme l'enquête le laissait entrevoir : « Dans les cendres de la cuisinière, une dent calcinée, des morceaux d'os, et dans les cendres de la cheminée, d'autres fragments d'os calcinés. Enfin, un lot important d'accessoires de toilette féminins ayant subi l'action du feu fut retrouvé dans les cendres : épingles à cheveux, agrafes et boutons à pression », rappelait le journaliste Armand Letoureur dans son article.

Pour cela, l'équipe de Bayle avait procédé à quelques expériences : Kolvair en avait eu vent car le scientifique parisien avait contacté le professeur Salacan afin d'obtenir quelques bons conseils et autres assentiments.

Le résultat était édifiant : « Nous avons introduit une certaine quantité de charbon. Une fois le poêle chauffé, nous avons mis une tête de mouton coupée en deux parties. Au bout d'une demi-heure, la première partie de la tête était consumée, la deuxième moitié fut brûlée en trois quarts d'heure. En tout, une heure et demie pour brûler la tête de mouton. Nous avons remarqué une chose qui nous a surpris. La chair a très bien brûlé. Lorsque en effet on introduit de la chair dans un poêle bien chauffé, on peut en brûler une quantité assez grande. Somme toute, nous avons conclu que dans un poêle comme celui de Landru, on pouvait carburer complètement cinquante kilos de chair en une période de vingt-quatre heures. »

Kolvair parcourut la conclusion de Bayle : « La chair animale peut être facilement incinérée dans une cuisinière comme celle de l'accusé Landru lorsque le poêle fonctionne bien. Voilà ce qu'il faut retenir. »

Soudain, le commissaire éprouva une sensation qui le dérouta : il avait les sinus obstrués par un rhume naissant, cependant une odeur l'assaillit. Il reconnut très nettement la puanteur de la chair brûlée, des effluves qui n'évoquaient que des images sentant le décomposé. Il se pinça les narines. Etrange. La gêne olfactive perdura jusqu'à ce qu'il ferme le journal.

Son mal de crâne persistait, il avait envie de sortir dégourdir sa jambe. Que fichait donc Anthelme ?

Absorbé dans sa lecture, Kolvair ne s'était même pas rendu compte que les coups de marteau avaient cessé. Il s'approcha de la porte de la chambre du jeune homme aussi discrètement que sa claudication le permettait et ce qu'il entendit en collant son oreille le congela sur place : Anthelme imitait un grognement de porc égorgé.

Atterré, Kolvair ne put chasser l'inquiétude avivée par son instinct. Le bruit de clé dans la serrure le surprit, il trouva juste le temps de se dégager et de feindre l'innocence.

Camouflé dans sa tenue de poilu, Anthelme referma la porte de sa chambre, ouvrit celle de l'entrée et se faufila dehors. Sans perdre un instant, Kolvair lui emboîta le pas. Il avait fallu attendre la tombée du jour pour qu'enfin le jeune homme daigne prendre l'air.

— Pourquoi fait-il aussi froid ? s'exclama-t-il.

Kolvair alluma une cigarette. Le jeune homme, sans gêne, lui en demanda une.

— Parce que tout fout le camp, répondit Kolvair en lui tendant le paquet. Enfin, je suppose.

Le commissaire avait mûrement réfléchi durant cette après-midi d'oisiveté, c'est pourquoi il se lança :

— Tu ne me reconnais vraiment pas ?

Il ne répéta pas sa question, laissa Anthelme le dévisager. Le jeune homme fronçait les sourcils avec exagération ; le policier y décela une grimace. Puis le poilu émit un nouveau grognement de cochon en se contorsionnant.

Afin de garder une contenance devant ce grotesque spectacle, le commissaire prit une profonde inspiration de tabac, regrettant qu'il ne soit pas cocaïné. L'espace d'une seconde, il se demanda même si Anthelme ne délirait pas.

Le regard du poilu se durcit, ses yeux rétrécirent.

— Je suis un personnage considérable et toi tu n'es rien. Les personnages considérables ne peuvent pas perdre beaucoup de temps à regarder des gens qui ne sont rien, expliqua Anthelme en se retournant.

Ahuri et pris de court par l'arrogance du discours, Kolvair ne trouva rien à riposter. Pour éviter de sourire, il souffla la fumée sur le côté. Anthelme se dirigea alors vers le portail. L'uniforme de poilu ajoutait à son allure d'échassier.

Fasciné, le commissaire l'observa faire quelques pas avant de le rattraper :

— Chante, beau coq, chante... siffla-t-il entre ses dents. La prochaine fois que tu tenteras de plumer quelqu'un, je serai là et je t'arrêterai...

Anthelme, ignorant le commissaire, accéléra sa foulée.

Kolvair resta dans son sillage. Il se souvint d'une phrase qu'il avait tout à l'heure eu le temps de lire deux fois dans son horoscope : « C'est précisément quand quelque chose se dérobe qu'on l'aime davantage », assurait la feuille de chou divinatoire.

11

Anthelme tourna dans la rue Planchat, disparaissant momentanément du champ de vision du commissaire. L'ancien détenu n'avait pas mis le nez dehors de toute la journée. En revanche, dès que la lumière du jour avait commencé à tomber, il s'était éclipsé. Kolvair en fut relativement soulagé : deux jours enfermé dans la glacière qui lui servait de planque, c'était déjà deux de trop.

Avec sa capote modèle Poiret dont le commissaire se rappelait la lourdeur et l'inefficacité, ses bandes molletières qui empêchaient la circulation sanguine, les gens se retournaient sur l'air hagard d'Anthelme, son allure inquiétante d'oiseau déguisé en soldat.

Depuis une heure, il traînait ses guêtres dans les rues adjacentes à la pension. Le commissaire le suivait à bonne distance sans se cacher. Anthelme ne semblait pas le moins du monde inquiet de cette filature. Il avait ramassé des planches et fouillé les ordures.

La pluie redoubla et Kolvair eut le réflexe d'enfoncer son borsalino. Les gens faisaient ce qu'ils pouvaient pour éviter les gouttes, certains regrettaient de ne pas avoir de parapluie. Une femme, abritée sous un journal, le dépassa. Il observa sa silhouette, ses chaussures à talons lui donnaient l'allure d'une danseuse glissant sur une piste. Il soupira, songeant à Bianca.

La belle psychiatre, adepte du charleston, convaincante en fox-trotteuse, le chavirait. Il eut envie d'être près d'elle à siroter un cocktail et écouter du jazz – la jeune femme l'avait converti –, se surprit à souhaiter que cette filature cesse enfin de s'éterniser.

« Les meilleures plaisanteries ont une fin », répétait sa grand-mère.

Le commissaire Kolvair s'engagea à son tour dans la rue Planchat, eut le temps d'apercevoir Anthelme s'engouffrer à l'intérieur de la pension, les bras encombrés de planches.

Rassuré, le commissaire ralentit la cadence, allumant une cigarette. Il contempla le paysage en silence. Il avait froid et eut soudain la certitude que quelque chose l'attendait.

C'est alors qu'il tomba nez à nez avec le corps sans tête d'un pigeon agonisant dans une mare de sang, la gorge tranchée.

Effaré, Kolvair eut un mouvement de recul. Il se pencha sur la bestiole, entendit un craquement sous sa semelle : le bec grêle, dans la violence du choc, avait volé en éclats. En lambeaux, le colombidé s'était fait pigeonner.

Le commissaire frissonna. La dépouille égorgée de son ami Bertail lui revint en mémoire.

L'histoire a goût de sang, se dit Kolvair en son for intérieur, convaincu que chaque meurtrier opérait selon une dramaturgie. Dans ce cas, Anthelme composait la cadence d'un lugubre tableau.

Avec le bout de sa canne, le commissaire fit rouler le plumage cafardeux dans le caniveau, les yeux rivés sur une des pattes à quatre doigts.

12

Grelottant de plus belle, Kolvair attrapa sa prothèse, constata une nouvelle fois qu'il n'avait plus de cocaïne.

En désespoir de conséquence, il saisit dans la poche de son pardessus un tube d'aspirine, en sortit trois comprimés. Il avala le premier puis, méticuleusement, écrasa les deux autres. Ensuite, il parsema son tabac de poudre blanche. Faute de grive, il allait fumer du merle.

Il alluma son mélange. Au lieu de diminuer son mal de crâne, l'aspirine lui donna un haut-le-cœur.

Il perdait son temps, admit-il en écrasant le mégot. La nervosité le gagnait.

Las, le commissaire resta un long moment à scruter l'obscurité. Ses derniers grammes de cocaïne se trouvant chez lui, il calcula qu'un aller-retour prendrait, à cette heure de la nuit sans circulation, quarante minutes.

Presque rien, se dit Kolvair dont le manque consumait la raison. Quarante minutes, c'était aussi beaucoup.

Anthelme ronfle, la maison dort : le moment est opportun, conclut-il sans parvenir à quitter les lieux. Toujours cette question d'angle de vue, soupira-t-il en lui-même.

Une heure plus tard, de tumultueuses images du Chemin des Dames refirent surface dans son orbite.

Congelé par l'insomnie, il frotta ses paupières afin de les chasser, refoulant une quinte de toux. Son nez bouché éreintait un peu plus son souffle.

Ce fut une autre heure plus tard qu'il se décida lorsque, une nouvelle fois, il fut assailli par de subits effluves de putréfaction. Au bord de la nausée, il n'était plus envisageable de surseoir à sa quête, indispensable à bien y réfléchir.

Il laissa la pension en quarantaine, se promettant qu'il ne mettrait pas une minute de plus pour trouver son refuge artificiel.

Le vent avait cessé, Kolvair profita de la pente, abusant de la roue libre. La rue de l'Antiquaille ressemblait à une piste d'atterrissage infinie, sans décollage libérateur. Contrairement à ce que sa mémoire lui avait laissé croire, il n'avait déniché chez lui aucun grain de poudre.

Le diable se faufilant dans les détails, il avait vérifié les moindres recoins et tiroirs de son appartement, au bout du compte sens dessus dessous, puis, contraint de se rendre à l'évidence, il avait cessé le massacre.

C'était impossible. Il ne pouvait pas être à court de son meilleur soutien. Pas maintenant.

Heureusement, il s'était souvenu : il avait planqué sa réserve de cocaïne non pas chez lui, mais à son bureau. Il visualisa nettement le sachet de poudre blanche, dans le tiroir secret de son secrétaire.

Le ciel était toujours obstinément gris. Peu à peu le dépit laissait place à la colère. Déjà trente-cinq minutes qu'il avait quitté Oullins, la pension de famille, Anthelme. Trente-cinq minutes de trop.

Pour la première fois de sa vie, il n'avait aucun plan, seulement une obsession. Kolvair tourna dans la rue Saint-Jean.

Le gardien de nuit du palais de justice, graisseux et rouge de sueur malgré le froid, ne reconnut pas immédiatement le commissaire. Lorsque, enfin, le lascar se décida à lever la barrière, le policier, exaspéré par tant de lenteur, entra en trombe dans la cour. Les pneus crissèrent lorsqu'il freina pour se garer.

Au troisième étage, Kolvair salua de loin les trois inspecteurs de garde des brigades mobiles, tenus aux trois-huit. Jour et nuit, le palais vivait et c'était aussi pour ces moments, entre calme et anticipation fébrile, que le commissaire avait embrassé son métier.

Au quatrième, il emprunta un couloir pour rejoindre l'étroit escalier en colimaçon qui menait aux combles.

En franchissant la dernière marche, il entendit deux hommes discuter. Il se figea, les voix provenaient du laboratoire. Il reconnut celle de Salacan, assourdie par les cloisons.

Le professeur ne rechignait jamais aux heures supplémentaires, notamment lors d'une enquête en cours. Il n'y en avait pas. Aucune officielle en tout cas. Que fabriquait ici, en pleine nuit, le scientifique ?

Dirigé par le manque, Kolvair préféra ignorer la question. Sans doute son collègue avait-il eu besoin de vérifier une analyse. Il n'était pas lui-même censé être là et comptait bien escamoter sa cocaïne en douce.

L'impatience envahissait, tel un mauvais refrain, ses rares pensées. Pris d'un vertige à la seule idée de sa dose, il trébucha en passant la porte, jura entre ses dents, avant de se rendre compte qu'il n'était pas seul.

Un homme était vautré dans le fauteuil du commissaire, derrière son bureau. Sans gêne, les pieds en appui sur le plateau, le gusse s'était endormi. L'entrée titubante de Kolvair le réveilla en sursaut.

Le commissaire n'avait jamais vu ce type et, totalement pris de court, eut un bref mouvement de recul. Comme s'il attendait le commissaire depuis des lustres, ce qui était le cas, l'homme se leva. Il vint à sa rencontre, à bras ouverts.

— Victor Kolvair ?

Ce dernier fronça les sourcils : il avait eu l'occasion d'entendre cette voix et cet accent mais ne parvint pas à se souvenir à quelle occasion.

Chaleureux, l'étranger tendit la main au commissaire, lequel ne la prit pas.

— Craig Copper.

Hébété, désarçonné, Kolvair dévisagea son interlocuteur sans penser à lui serrer la pince.

— *Nice to meet you !* déclara celui-ci, tout sourire, sans s'offusquer de l'impolitesse du commissaire.

Kolvair s'écarta, les yeux attirés par le petit meuble dans lequel se trouvait la drogue qu'il était venu chercher.

— C'est ça, moi aussi, bougonna-t-il en passant devant Craig.

Craig Copper et Victor Kolvair ne s'étaient jamais vus.

En 1918, Locard et Salacan s'étaient rendus à New York. Copper, policier passionné par les méthodes novatrices du laboratoire de Lyon, avait profité de l'occasion pour sympathiser avec le professeur Salacan. La venue de Craig, annoncée de longue date, aurait dû réjouir Kolvair.

Mais cette présence le contrariait et il sentit couler des gouttes de sueur sous son chapeau. Lui en principe capable d'analyser plusieurs situations se trouvait dépassé. Son cerveau ressassait ses objectifs :

récupérer son sachet, rejoindre Oullins, la pension, Anthelme.

Faisant fi de la présence contrariante de Copper, Kolvair récupéra, accrochée derrière le pied du meuble, la clé du tiroir. Il l'ouvrit et commença de farfouiller.

Craig Copper revint à la charge. Les mains derrière le dos, il traversa sans hâte la pièce.

— Tout le monde te cherche, Victor !

Kolvair renversa sur le sol le contenu du tiroir. Il grelottait. Son sachet ne s'y trouvait pas.

— Tout le monde cherche quelque chose, dit-il en rejoignant son bureau, sans un regard pour Craig.

Il claquait les tiroirs de tous les meubles, sa frénésie dévasta l'ordre relatif de son bureau. Un frisson glacé lui parcourut l'échine quand l'évidence s'imposa : ses réserves étaient bel et bien épuisées.

— As-tu besoin d'aide ? se risqua Craig, prudent.

Il parlait sur la pointe des pieds, la mine chiffonnée par cet accueil étrange.

— Ta gueule, rétorqua Kolvair entre ses dents, comme s'il parlait à lui-même.

La panique montait. Dans un dernier sursaut de vigilance, le commissaire vérifia le contenu de la corbeille à papier. Rien.

13

— C'est toi, enfoiré ? C'est toi qui me l'as piquée ?

Kolvair, déchaîné, bondit par-dessus la table, se précipita en hurlant vers Craig et se jeta sur lui en moins de temps qu'il ne faut pour le dire. Il avait déjà le poing levé, prêt à frapper l'Américain, quand ce dernier lui heurta le visage d'un violent coup de tête. Cela provoqua chez les deux hommes d'abondants saignements de nez.

Kolvair tenta de sourire, tout étourdi après la décharge, une grimace se dessina sur son visage. Craig se libéra, s'affaissa lourdement sur le fauteuil et porta son mouchoir à son nez pour tenter d'arrêter l'hémorragie. Le commissaire, quant à lui, ignora le sang qui coulait de ses narines et avait atteint sa bouche.

Se sentant en croisade, il n'abandonna pas sa lutte, fit quelques pas en titubant jusqu'à la porte. Son état déplorable le porta jusqu'au laboratoire en sommeil. Kolvair ne se demanda même pas si la voix de Salacan qu'il avait tout à l'heure perçue avait été bien réelle.

Il chercha parmi les flacons et trouva enfin la réserve de laudanum.

Fébrile, il parvint à en boire. En quelques minutes, ce fut le jour en pleine nuit.

Radical, se dit-il en rebouchant le flacon.

Il le fourra dans la poche de son pardessus. Le manque était parvenu à lui faire perdre les pédales et Kolvair n'avait pas l'intention de lui accorder à nouveau le plaisir de ramper à ses pieds.

Lorsqu'il se retourna, Craig se tenait debout dans l'encadrement de la porte et l'observait. Ils se regardèrent dans les yeux. Le commissaire feignait de croire que ce que Craig savait était totalement dénué d'importance à ses yeux.

— Ce cafouillage manque de sérieux, dit finalement Kolvair en retournant dans son bureau.

Craig le rejoignit sans un mot.

L'Américain observa le Français un bon moment, comme s'il était en train de manigancer quelque chose. Kolvair essayait d'arrêter les saignements de son nez tuméfié. Son mouchoir était gorgé de sang. Finalement, Craig s'approcha du commissaire.

— Tu saignes sacrément, dit Craig en examinant le nez de Victor Kolvair. Mais c'est tout, rien de grave. Ton nez est pas cassé.

Il pinça fortement l'appendice, Kolvair laissa échapper un hurlement de douleur mais les saignements cessèrent. Craig lui tendit un verre de whisky et Kolvair en but une rasade.

— Et maintenant, si tu me *racontes* ce qui t'arrive ?

L'alcool décupla l'effet du laudanum, la chaleur réveilla les veines du commissaire comme le fracas d'un accident de voiture.

En d'autres circonstances, il aurait corrigé la faute puis invité Craig dans le seul restaurant de la ville ouvert la nuit. Au lieu de quoi, Kolvair regarda sa montre. Trois heures dans douze minutes.

Kolvair avait perdu beaucoup de temps et fit le maximum pour ne pas laisser transparaître son inquiétude.

— A vrai dire, j'allais partir, annonça-t-il.

Craig se leva d'un bond.

— Où allons-nous ? demanda l'Américain, en attachant son holster autour de son torse.

Vers les emmerdes, s'abstint de répondre le commissaire Kolvair en sortant son paquet de cigarettes.

Il le tendit à l'Américain, le prévenant que c'étaient des brunes. La trêve étant incolore, Craig dégaina un briquet et accepta la tige, sûrement pas la dernière.

— Victor, tu es un policier comme j'apprécie, le poing tendu. Mieux que ce que j'avais imaginé quand nous *parlons* au téléphone ! Je suis content de faire enfin de l'action. C'est calme non, par chez vous ?

Kolvair se retourna vers son compagnon inattendu, le regard amusé.

— Et moi qui avais peur de t'avoir dans le nez.

14

— Troisième rang, sixième en partant de la gauche.

Le commissaire, les mains accrochées à son volant, accéléra pour doubler un camion.

Sur la banquette arrière, Craig Copper le New-Yorkais, le nez plongé dans un dossier, contemplait un cliché.

L'image, en noir et blanc, révélait une centaine de poilus. La photographie, estampillée armée française, indiquait qu'il s'agissait du 96e régiment d'infanterie, celui du commissaire.

Kolvair connaissait l'image par cœur, fixée en 1915 près de Verdun, la dernière sur laquelle il était valide. Il se souvint de l'animation que cette prise d'image avait suscitée, Apollinaire avait même chahuté le photographe. Ce fut un des rares moments de détente et de joie de cette foutue guerre.

Il épargna à Craig l'énumération des prénoms des soldats, qu'il avait encore tous en mémoire. L'impression générale qui se dégageait de la photographie était une tristesse et une épouvante, des hommes au visage grave.

Craig fit glisser son doigt sur le troisième rang, l'arrêtant sur le portrait du sixième homme : Anthelme Frachant.

— C'est un gosse ! remarqua l'Américain en tournant l'image.

En 14, l'armée avait refoulé des milliers de bonnes volontés patriotes au prétexte que les hommes étaient gauchers, fragiles du cœur ou borgnes. En 15, contrainte d'abreuver la chair à canons nécessaire à cette guerre de tranchées, la Grande Muette ouvrit grandes les vannes du recrutement : prisonniers et criminels furent sortis de prison et appelés à rejoindre les rangs des soldats, l'âge minimal fut abaissé à seize ans. Anthelme, tout juste âgé de quinze ans, se porta volontaire. L'armée, trop heureuse de pouvoir compter un patriote supplémentaire, n'avait pas le luxe de s'opposer à ce rare excès de zèle.

Kolvair souffla la fumée, il s'était fait la même réflexion que Copper lorsque le jeune homme avait rejoint le bataillon. Plus tard, le commissaire avait acquis la certitude que l'agneau couvait un loup.

Le document que fixait maintenant l'Américain représentait le croquis légendé du Chemin des Dames : eu égard aux huit cents kilomètres du réseau ininterrompu de tranchées solidement fortifiées qui serpentait de la mer du Nord à la frontière suisse, cet escarpement de trente-cinq kilomètres faisait figure de lot de consolation.

Kolvair avait surtout, en ce qui le concernait, malaxé la boue du point à l'extrême ouest du chemin, à égale distance de Laon au nord et de Soissons au sud. Orientée est-ouest, partant de Craonne au moulin de Laffaux, une crête s'y étendait entre deux rivières, l'Aisne et l'Ailette, tel un barrage naturel. Le policier ne s'était jamais fait à la platitude de cette région de France, lui qui aimait les courbes et les nuances, les couleurs et les ombres de la Méditerranée.

— Le coin est monotone, mais c'est un bel observatoire qui a l'avantage d'abriter d'insoupçonnables cavités naturelles...

Kolvair tira sur son mégot avant d'enchaîner :

— Des grottes, des caves, des cavernes et des creutes, un vrai gruyère là-dessous...

— Qu'est-ce que c'est, des creutes ?

Le commissaire expliqua les cavités typiques du Chemin des Dames surnommées ainsi par les Picards.

— Le mot n'est pas dans le dictionnaire, précisa Kolvair.

Craig en prit bonne note.

L'offensive du général Nivelle, lancée en avril 1917 sur ce terrain miné, demeurait, en ce qui concernait le policier lyonnais, le plus grand scandale de cette guerre absurde. A ce moment du conflit, les Allemands tenaient les crêtes du Chemin des Dames. Les Français, quant à eux, étaient établis sur les pentes.

En réalité et comme le dévoilerait plus tard la presse, cette décision d'une offensive de grande ampleur fut prise dès 1916 par le général Joffre, alors à la tête de l'armée française. Il s'agissait de concentrer un maximum de forces sur cette partie du front en angle droit afin de l'enfoncer. La clé de sa réussite résidait dans la vitesse de l'exécution de cette stratégie et Nivelle, successeur de Joffre, comptait surprendre les Allemands.

Pour la première fois de son histoire, l'armée française utiliserait des chars et, afin de ne laisser aucune chance aux Allemands, une attaque conjointe avec les troupes britanniques et canadiennes fut organisée. Mais les Allemands, prévenus, déplacèrent leurs positions et, brouillant les pistes, apposèrent la ligne de défense sur le Chemin des Dames.

Nivelle ne prit conscience de cette feinte que trois semaines plus tard. Les Allemands, présents sur le

Chemin des Dames depuis 1914, l'avaient érigé en forteresse, aménageant la Caverne du Dragon, creusant des souterrains, reliant l'arrière aux premières lignes, édifiant et camouflant des nids de mitrailleuses.

Encore aujourd'hui, Kolvair ne concevait pas qu'à l'état-major les gradés aient pu ignorer ce secret de Polichinelle.

En quelques jours, les pistes ainsi brouillées et le terrain ainsi miné, les boches réduisirent en miettes les fantassins français, piégés comme des rats. Les intempéries ruinèrent les prévisions de l'armée française : le brouillard rendit les tirs des chars aléatoires, les empêchant d'atteindre leurs cibles. Pire : ils étrillèrent et cabossèrent le terrain.

Lorsque les fantassins s'engagèrent, le ménage promis par l'artillerie n'avait pas été fait, ils subirent de violentes ripostes, notamment de l'aviation : embourbés sur les pentes du Chemin des Dames rendues boueuses par des semaines de pluie et de neige, ils furent des cibles faciles des bombardements allemands.

Le pire était à venir, convint le commissaire.

Il fallait imaginer le champ de bataille, la terre boueuse et collante qui se dérobait sous vos pieds si bien que vous ne cessiez de tomber.

Quand vous parveniez à vous relever, vous tombiez de nouveau, cette fois sur le cadavre d'un camarade et ses tripes encore chaudes. Comme du bétail.

Les chenilles dérapaient dans la boue, les chars crachaient un panache de fumée noire et emplissaient l'air, saturé de fange, de merde et de putréfaction, répandant une épaisse odeur de diesel.

En pleine saison des amours, la terre, triste et dénudée, ne vomissait que la mort. Kolvair marqua une pause puis épongea son front, ces seules réminiscences lui donnaient la chair de poule.

Craig continuait de feuilleter le dossier, qui contenait quelques extraits du JMO du 96e RI, ce journal des marches et opérations militaires dans lequel chaque régiment était tenu de consigner les événements quotidiens. Mais Kolvair savait pour en avoir un temps eu la charge que la réalité dépassait les mots.

Kolvair y avait ajouté plusieurs clichés.

— L'enfer, murmura Craig, les yeux fixés sur celui d'un terrain lunaire.

En pire, se retint de rétorquer le commissaire, qui préféra rester concret :

— Le 96e RI se déploie sur l'éperon situé autour du monument d'Hurtebise.

Concentré, Craig consulta le croquis du Chemin des Dames. Il repéra l'indication du commissaire et lut : « tranchée Fichou ».

Kolvair sentit la nervosité le gagner.

— Sans vivres ni eau, à bout de munitions, terrés en terrain truqué dans cette tranchée à l'aplomb de la Caverne du Dragon, les hommes reçoivent l'ordre du général de division de reprendre coûte que coûte le terrain perdu.

Kolvair entendit les impacts, le désordre des bombes qui ne vous lâchent pas et semblent vous épier.

Il visualisa l'affolement des soldats du 96e RI coincés dans la tranchée, dépouillés de leur protection contre les gaz. Envoyés dans le sens du vent et par nappes successives, ils vous asphyxiaient.

— Des trois sections qui défendaient la tranchée Fichou, seuls sept hommes parvinrent à se traîner à plat ventre pour se dissimuler sous une sape et en réchappèrent, annonça Kolvair. Anthelme Frachant est l'un de ces survivants.

Il guetta mine de rien une éventuelle réaction de Craig.

— Pas mal, *man*... reconnut ce dernier, impressionné.

Avoir survécu à cette tranchée relevait soit du miracle, soit de la chance.

Kolvair comprit que l'Américain songeait à la même chose que lui : s'extirper d'un tel marasme révélait en tout cas une personnalité hors du commun.

15

« Ce foutu régiment est un ramassis de voyous, de larves et de tire-au-cul ! asséna un officier.

— Permissions annulées ! » ordonna un second.

Contrairement à leurs espérances, les hommes du 96e RI n'obtinrent aucune autorisation de permission. Mis à la disposition du commandant de la division, ils effectuèrent, en guise de repos et de convalescence, quelques travaux d'aménagement en retrait du Chemin des Dames.

— *Le* goutte d'eau qui a fait déborder *la* vase, remarqua Craig Copper.

Le commissaire ne corrigea pas l'Américain.

Le mépris de l'état-major à l'égard de l'épuisement physique et mental des soldats déclencha la chute du général Nivelle. Les survivants du 96e RI, pointés du doigt, accusés de ne pas avoir progressé, ressentirent comme une profonde injustice l'annulation de leurs permissions.

Alors, puisque l'armée faisait la sourde oreille, le Chemin des Dames ruminerait leurs confidences.

— Les creutes… ? avança Craig.

Ce type est malin, admit Kolvair, ravi de constater que le raisonnement de l'Américain rejoignait le sien.

Le commissaire croyait en la géographie des révoltes. Force était de constater que les cavités en bordure du Chemin avaient permis, voire favorisé, la colère des fantassins. Ce fut en tout cas dans une de ces grottes retirées et isolées que les soldats du 96e RI se rassemblèrent, ce 7 juin 17.

Vers seize heures, l'ordre fut donné de se préparer avec l'objectif de remonter aux tranchées à vingt-deux heures. Pour le bataillon cantonné dans trois creutes contiguës à l'est de Pargnan, le point de ralliement fut fixé sur la route de Cuissy-et-Geny.

— A droite en sortant des abris souterrains, précisa Kolvair en montrant un point sur la carte.

Vers vingt et une heures, plusieurs discussions prirent une tournure revendicative : les hommes réclamaient un repos prolongé et le droit de partir en permission. Certains, encore plus déterminés, annoncèrent qu'ils ne participeraient pas à la relève.

« Je n'aime ni mon père, ni ma mère, ni ma patrie ! »

Plusieurs soldats refusèrent de rassembler leurs affaires et de se diriger vers le point de ralliement, quelques-uns empêchèrent leurs camarades d'épauler leur sac, une dizaine se postèrent à l'entrée des abris et, munis de pistolets automatiques, empêchèrent toute sortie. L'électricité fut coupée, les bougies soufflées.

A travers l'opacité de la nuit, la rumeur de cette contestation se répandit telle une traînée de poudre. Le commandement de la division, au fait de la multiplication des désertions et des actes d'indiscipline, dressa immédiatement des barrages sur les routes menant à Pargnan, mit la gare de Fismes en alerte, confina les mutins dans les creutes.

Ces refus individuels attestaient un réel malaise dans l'armée, une crise profonde au sein de régiments épuisés : Nivelle les méprisa.

« Si ces soldats refusent d'affronter les balles allemandes, ils se coltineront les françaises ! » proposa un général.

Médiation, négociations : à deux heures du matin, les fantassins reprirent le chemin du front. Neuf mutins du 96e RI furent arrêtés et, à coups de conseils de guerre improvisés, l'un fut exécuté pour l'exemple.

« Rien de plus stimulant pour motiver les troupes que de voir mourir son prochain », approuva le général.

Le commissaire Kolvair avait croisé des gradés pour qui fusiller un homme de temps à autre restait un excellent moyen de maintenir la discipline.

Trois autres des soldats arrêtés furent condamnés aux travaux forcés. Les cinq derniers, dont Anthelme, croupirent en prison, loin des tranchées.

Au bout du compte, en échappant à son renvoi en première ligne, Anthelme Frachant avait obtenu ce qu'il voulait.

— Et c'est pour ça que tu le traques ? demanda soudain Craig, qui semblait approuver les mutineries.

Kolvair prit des mains de l'Américain le dossier du détenu Anthelme Frachant et le ferma. La dernière personne à lui avoir fait cette remarque était le procureur Rocher. Chat échaudé craignant l'eau froide, le policier réfléchissait à la manière dont il allait formuler sa réponse.

Si cela se trouvait, Craig aussi allait considérer que le dispositif que Kolvair avait mis en place ne servait à rien.

Troisième partie

De véritables bêtes

16

1er août 1915, Fontenoy

— *Compte jusque quatre et te laisse pas faire.*
La voix ricoche sur les parois de son crâne. Anthelme vérifie le fourreau de sa baïonnette. Le coin grouille de rats et de créatures malfaisantes.
Il a repéré un autre mort-vivant sur un talus, qui le guette d'un œil torve.
Bétail, il s'appelle.

— *Te laisse pas faire*, répète la voix en dedans.
Anthelme passe devant le cadavre, qui feint le repos pour mieux l'agripper par surprise.
Mais Anthelme aussi sait faire semblant.
Faire semblant de sourire pour singer les autres, de dormir pour ne pas se battre, d'être mort pour sauver sa peau.

— *Compte jusque quatre et coupe-lui la tête.*
Anthelme compte.
Un, deux, trois, il ira au prochain doigt.
Entre les cinq autres, Anthelme serre la baïonnette, cet étonnant couteau distribué par l'armée.
Bétail est un jeu de cartes. La tête. Les bras. Les pieds.

— *Coupe ! Coupe !*

Anthelme coupe les cartes avec des gestes amples, fermes, précis.

Une voix en dehors se met à hurler.

Bétail éclate en sanglots.

Bétail éclate en sang.

Bétail éclate.

17

Même s'il apparaissait que Kolvair disait la vérité, que les lieux et les époques concordaient et qu'il parvenait finalement, à force d'acharnement, à coincer son homme, quelle était la probabilité que Frachant avoue avoir tué ?

Pourtant, se dit Kolvair, il n'y avait pas mille manières d'exprimer ses doutes et ses suspicions. L'absence de preuves ne signifiait pas forcément qu'il n'y avait pas eu crime.

Ainsi le policier Kolvair restait-il persuadé qu'avant la mutinerie Anthelme avait égorgé un homme.

« Rien d'étonnant en temps de guerre », avait riposté le procureur Rocher, qui ne l'avait jamais faite.

Certes. Sauf que cet homme était un soldat du 96e RI. Pire : un ami du commissaire.

Kolvair n'avait aucun moyen de prouver ses accusations, il le savait. Cela ne l'empêcha pas de raconter à son homologue américain le souvenir qui le tenaillait, sans chercher à exagérer les faits ou forcer son récit pour le convaincre.

Qu'est-ce qu'ils avaient pu marcher, dans cette saleté de guerre. De véritables bêtes, arpentant sans relâche l'est de la France et ses minerais de fer : Champagne et Artois en 15, Verdun en février 16, la

Somme à partir de mai. Son livret des batailles, comme sa jambe, s'était écourté là.

Quelques heures avant l'offensive sur la Somme, alors que le 96e RI s'accordait un dernier répit dans un village décimé de l'arrière, le lieutenant Bertail, un instituteur à l'accent du Sud que Kolvair appréciait, disparut.

Sachant le patriote incapable de désertion, Kolvair s'inquiéta et prit l'initiative de partir à sa recherche. Il trouva son cadavre à l'écart du campement. Le commissaire, alors colonel, ordonna une autopsie, qu'empêcha son supérieur : pas de temps à perdre, le départ pour le front avait sonné, que la dépouille de Bertail soit enterrée sur-le-champ.

Un mort de plus ou de moins, avait-il sous-entendu.

Kolvair, avant d'obtempérer, examina lui-même le cadavre mutilé de son camarade, réprimant avec difficulté des tremblements.

Il put ainsi constater que Bertail avait été transpercé de quinze coups de lame, puis égorgé. Ensuite, la tête avait été sciée avec un instrument de boucher. Kolvair avait noté que le criminel, sans doute dérangé dans sa besogne, n'avait pas eu le temps de la détacher entièrement.

Bertail s'était défendu : le commissaire avait remarqué la présence, sous les ongles de la victime, de minuscules lambeaux de chair : très certainement celle du meurtrier, que sa victime avait dû griffer en se débattant.

Le lendemain matin, le commissaire profita de l'inspection du bataillon, avant le départ, pour vérifier les mains des soldats.

Kolvair revit Anthelme Frachant présenter docilement ses longs doigts maigres, ses paumes encrassées de poussière semblaient avoir été lavées dans la boue. La saleté rendait illisibles les traces que Kolvair repéra sur ce qui ressemblait plus à des serres qu'à des mains.

Frachant n'eut pas l'air offusqué quand Kolvair le questionna sur l'état de ses mains, ni soulagé quand le commandant abrégea l'inspection avec agacement, empêchant Kolvair de suivre son intuition.

Le clairon avait sonné, le 96e RI s'ébranla.

18

Craig Copper, au contraire du procureur Pierre Rocher, écouta avec attention la version officieuse du commissaire Kolvair, confirmant au policier lyonnais que l'intime conviction était affaire de personnalité.

Professionnel, il n'hésita pas à poser des questions pertinentes sur l'arme du crime qui avait servi à égorger Bertail.

Kolvair soupçonnait Anthelme d'avoir utilisé sa baïonnette. Le commissaire regrettait de n'avoir pu examiner les alentours du cadavre.

Bertail était un homme qui aimait le calme, il était allé s'isoler près d'une rivière : Kolvair avait remarqué des traces de pas reliant le cadavre au bord du cours d'eau. Il avait la conviction que le meurtrier y avait nettoyé son outil. L'Américain approuva d'un signe de tête.

— Il devait être couvert de sang...

C'était là que le bât blessait, convint Kolvair en lui-même. A part l'état de ses mains, il devait admettre que l'uniforme d'Anthelme, loin d'être immaculé, ne portait néanmoins pas la moindre trace de sang frais. A force de retourner l'impossible dans sa tête, Kolvair avait fini par opter pour l'explication la plus simple : Anthelme avait dû échanger son uniforme avec celui d'un cadavre. Puis il avait fait part de ses doutes au professeur Salacan, lequel avait apporté une explication scientifique.

« Le tueur n'a pas obligatoirement été exposé pendant son crime, expliqua le commissaire en se rappelant la démonstration du physiologiste. Si les blessures et les coups ont été assénés par-derrière, le sang a pu gicler à plusieurs mètres, mais pas sur l'agresseur, non. »

Il aura cependant été obligé de remonter ses manches avant l'attaque, frémit le commissaire, songeant que l'impunité d'un tueur pouvait tenir à ce genre de détail.

Les lois de la physique, contrairement aux corps des soldats, restaient impénétrables.

— *Incredible*... souffla l'Américain impressionné.

Si le commissaire n'était pas légiste, il possédait déjà de cette science, à l'époque, quelques solides notions. Il avait pu déterminer, au vu de la lividité cadavérique de Bertail, que la mort l'avait figé entre quatre et sept heures le soir.

Moment des rengaines qui battaient la mesure de la vie de régiment : expédition des corvées, vérification du matériel, dernier courrier ou ultime flânerie pour les rares – dont Bertail – qui cherchaient le calme et l'isolement, loin de l'abrutissement alcoolisé de leurs congénères.

Depuis le temps qu'il ressassait cette affaire, le commissaire avait élaboré un scénario du meurtre. Un carnage comme il en existait rarement, un déversement de violence dont le mobile continuait de lui échapper. Selon Kolvair, Anthelme Frachant avait croisé Bertail par hasard, tel un bandit de grand chemin. S'étant écarté pour chercher l'oubli des combats et un relatif apaisement, Bertail avait été, en quelque sorte, brutalement exaucé.

Le crime de son ami restait impuni au motif de conflit mondial, Kolvair ne s'y faisait pas.

— Elle a bon dos, la guerre, marmonna le policier.

Le commissaire en était aujourd'hui convaincu, Frachant, passé maître dans l'art de se faufiler entre les gouttes, n'allait pas tarder à recommencer à tuer. Le policier redoutait ce moment.

— Des précautions méritent d'être prises, approuva Craig.

Rocher avait refusé de se fier à l'intuition de Kolvair, lequel avait exprimé ses inquiétudes et demandé des renforts. Pour l'aider à coincer le dangereux criminel et lui permettre de réapprovisionner sa prothèse, ce puits sans fond, l'aide de l'Américain ne serait pas de trop.

Pas question de laisser l'oiseau se volatiliser, songea Kolvair en se souvenant qu'il n'avait pas eu le temps de relater à Craig l'épisode du pigeon égorgé.

19

Le hall d'entrée de la pension de famille était plongé dans l'obscurité, un rai de lumière faiblard perçait par la porte entrouverte du salon, au fond du couloir. Kolvair adressa un signe de la main en direction de la voiture à l'intention de Craig, qu'il savait à l'affût, puis ferma la porte derrière lui.

Cet Américain l'avait écouté et le sentiment d'être pris au sérieux avait revigoré le commissaire.

Le policier trouva à tâtons l'interrupteur, alluma la lumière et le spectacle qui s'offrit à lui le cloua sur place. Il y avait du sang par terre. Immédiatement, il comprit qu'il avait déserté le navire au moment de la tempête, et la honte, ce sentiment qu'en principe il tenait à l'écart, s'empara de lui.

Il fixa son attention sur les taches, tenta d'en évaluer le tracé. Malgré leur irrégularité, les traces de sang, encore brillantes, traversaient le couloir jusqu'à la porte de la chambre d'Anthelme. Il eut le réflexe de reculer et, pressentant le pire, rouvrit la porte et, en agitant sa canne, signifia à l'Américain de le rejoindre. Craig s'exécuta, prenant garde de ne pas claquer la portière.

Toujours sans un mot, utilisant le langage des signes commun à toutes les polices, Kolvair dégaina son arme, pointa les traces de sang et désigna du canon la chambre d'Anthelme. Craig acquiesça en l'imitant.

Sur la pointe des pieds, ils pénétrèrent dans la maison. Kolvair longea lentement la piste sanglante, évitant de la corrompre en glissant dessus, ayant soudain l'impression de marcher sur deux jambes de bois.

Pour surmonter la paralysie qui le gagnait à mesure que les gouttes s'élargissaient et que se confirmait son sinistre pressentiment, il se figura les cailloux blancs du Petit Poucet. Le conte de fées s'arrêta dans le salon : une masse informe gisait au beau milieu d'une mare à peine coagulée.

— *My God. Where's the head ?* murmura soudain Craig, qui le talonnait.

Sidéré, le commissaire réalisa que la masse informe était une victime, dont la tête avait effectivement disparu.

Il balaya la pièce du regard, son sang ne fit qu'un tour : sur la commode reposait une forme atroce, bouillie de cheveux et de chair qui semblait grimacer. Craig eut un haut-le-cœur et se boucha le nez. Kolvair réalisa qu'il ne sentait pour sa part aucune odeur fétide.

Son odorat délirait certainement : il aurait dû percevoir le parfum de la viande humaine exposée, des éclats de chair et d'os qui maculaient le papier peint. Même si les scènes de crime sentaient rarement la lavande – les morts pissaient, déféquaient, sécrétaient des fluides nauséabonds –, Kolvair réalisa l'ampleur du choc qu'il était en train d'encaisser à la soudaine et totale insensibilité de ses narines.

La pièce semblait avoir été badigeonnée de sang du sol au plafond. Hypnotisé par l'horreur de cette vision, Kolvair réalisa que la victime était Lucette Laclé.

Sans se maîtriser, il recula d'un pas : il n'avait pas vu un tel massacre depuis la Somme. Un mort était toujours un mort, pourtant aucun des cadavres qu'il avait pu observer depuis son retour du front n'avait vomi autant de sang que celui qui gisait, tordu et monstrueux, devant ses yeux.

Prostré, le commissaire Kolvair sentit sa gorge se serrer et des larmes brûler ses yeux.

— Fumier... tenta-t-il d'articuler d'une voix blanche, comme si Anthelme pouvait l'entendre.

Il frotta ses paupières en répétant plusieurs fois l'insulte, sans qu'aucun son ne sorte de sa bouche. Puis il se ressaisit. Rien ne disait qu'Anthelme n'était pas encore sur les lieux.

Craig, blanc comme un linge, tremblait. Le commissaire prit sur lui pour ne pas en faire autant, avançant à pas feutrés en direction du faible rai de lumière qui l'avait tout à l'heure intrigué. L'éclairage provenait de ce que Kolvair se remémora être la chambre du couple Laclé.

Il prit une profonde inspiration et poussa la porte, le revolver en joue devant lui. Un deuxième cadavre, allongé face contre terre, baignait dans son sang.

Il s'agissait d'un homme égorgé, presque décapité lui aussi. Sa gueule béante et barbouillée de rouge, sa langue de traviole le rendaient méconnaissable. Il ne pouvait cependant s'agir que d'Yves Laclé.

Le commissaire ne parvenait pas à détacher ses yeux des pieds de la victime, tordus par la mort. Il se souvint qu'un jour de 1916, sur le Chemin des Dames, il avait trébuché sur ceux d'un cadavre enterré à la hâte.

— *Le change* de Locard ?

Craig avait parlé bas en pointant quelque chose que le commissaire ne pouvait voir. Intrigué, Kolvair revint sur ses pas : une trace de semelle, sans aucun doute celle du tueur, était fixée dans la mare de sang.

Le policier lyonnais comprit que L'Américain parlait de la théorie de « l'échange ». Le moment était mal choisi pour un cours de français, Kolvair opina du chef en guise d'assentiment.

Il avait reconnu la trace des bottines réglementaires de l'armée laissées dans la boue des tranchées, celles qu'Anthelme Frachant n'avait pas quittées avant son incarcération, et qu'il avait récupérées à sa sortie de prison.

Kolvair ressortit de la pièce, indiqua à Craig de fouiller le rez-de-chaussée, lui se dirigea vers l'étage : les gouttes de sang partaient à l'assaut de l'escalier. Il monta prudemment.

C'était là que dormait le grand dadais, dont il n'avait pas retenu le nom. Sur le palier, le commissaire comprit qu'Anthelme n'avait épargné personne. Egorgé pendant son sommeil, le macchabée avait les yeux exorbités d'horreur.

Soudain, un coup de feu retentit, sortant le commissaire de sa sidération.

Kolvair se précipita, le mot bavure clignotant dans son esprit... Il n'eut pas le temps de descendre la première marche, vit la silhouette d'un homme dans l'embrasure de la porte d'entrée du pavillon, portant un bonnet de nuit et brandissant un fusil.

Peu d'hommes osaient se confronter au monde en pleine nuit : celui-ci s'était prudemment fait accompagner par sa femme. Il venait de tirer en l'air, Craig avait docilement levé les mains, comme on baisse la garde.

Immédiatement, le tireur changea de ligne de mire en direction du commissaire.

Un voisin chasseur se rêvant justicier, conclut Kolvair en posant son revolver devant lui, afin de montrer sa bonne foi. Il pensait au sang qui maculait le sol, redoutait que le voisin ne le remarque et ne cède à la panique.

— Commissaire Kolvair, de la police judiciaire de Lyon, énonça-t-il avec calme.

La femme glissa un mot à l'oreille de son mari, Kolvair comprit qu'elle demandait à vérifier et anticipa :

— Je vais sortir ma carte. Mais d'abord, baissez votre arme.

Le voisin jeta un œil à son épouse.

— Allez ! s'impatienta le commissaire.

La femme hocha la tête, le type baissa enfin son arme, Kolvair tendit son identité professionnelle en les poussant vers la sortie, Craig confirmant au passage que tout était sous contrôle. Les voisins rentrèrent chez eux.

Kolvair épongea son front, attendit un instant avant d'entrouvrir de nouveau la porte. Le calme était revenu, personne d'autre ne s'était aventuré dehors malgré la détonation et le remue-ménage. Le policier ne fut pas surpris d'apercevoir un rideau bouger dans une maison en face et une lumière s'éteindre dans celle d'à côté. L'incarnation de la pleutrerie. Rien vu, rien entendu, ou le credo de la vie collective.

Le commissaire vérifia sa montre, il était trois heures trente-huit. La trêve serait de courte durée. Dans deux heures, quatre tout au plus, le quartier s'éveillerait, il serait impossible de contenir la rumeur.

Kolvair prit soin de verrouiller le pavillon de l'intérieur.

A peine eut-il le temps de se retourner qu'il vit Craig prendre son élan et défoncer la porte de la chambre d'Anthelme.

En remarquant que l'Américain écarquillait les yeux, le commissaire s'approcha et découvrit, abasourdi, l'intimité d'Anthelme Frachant.

20

Kolvair avait commencé sa guerre au service du chiffre puis, à sa demande, rejoint le front en 1915 : dans l'artillerie jusqu'au 23 novembre, avant d'intégrer en compagnie d'Apollinaire le 96e RI. Anthelme Frachant était arrivé cinq jours plus tard.

Kolvair prit conscience que cela faisait six ans aujourd'hui même. Jour pour jour, dent pour dent, grinça-t-il en s'approchant de la couche d'Anthelme Frachant.

Comme dans les tranchées, le lit avait été transformé en cage à l'aide d'un grillage. Kolvair sentit un malaise l'envahir.

Ils avaient été nombreux à fabriquer ces sarcophages contre les rats, cet autre fléau capable de vous bouffer vivant. L'hiver, ce système avait l'avantage de vous tenir chaud et était supportable. L'été, en revanche, le harnachement vous étouffait, mais était obligatoire : une nuit, un des voisins de Kolvair n'avait pas cru bon de verrouiller son lit. Il s'était réveillé les orteils en lambeaux, rognés par les rats.

Le pire, se souvenait Kolvair, avait été de constater que le bonhomme ne s'était rendu compte de rien, trop abruti par l'alcool.

C'était comme être enterré vivant. Oppressé, Kolvair grelotta en même temps qu'il sentit une goutte de sueur couler le long de sa colonne vertébrale. Hanté par sa propre image de mort-vivant, il lutta pour ne pas fermer les yeux.

La chambre occupée par Anthelme Frachant était une véritable décharge. Des tas d'ordures et des monceaux de papiers, près desquels reposaient un barda de soldat, un casque et un masque à gaz. Anthelme avait obstrué toutes les issues ; des panneaux de bois, cloués à la hâte, bloquaient la porte et aveuglaient la fenêtre.

Anthelme avait transformé la pièce en terrier. Le lit-cage, l'obscurité qui fait mal : il reproduisait son cauchemar.

— *Look !* s'exclama soudain l'Américain.

Craig, bouche bée, fixait un sac de toile de jute. Kolvair fronça les sourcils, et s'approcha : il contenait cinq baïonnettes soigneusement entretenues.

Les lames étincelèrent. Interdisant à sa mémoire l'accès aux images cauchemardesques du passé, se concentrant sur l'atrocité du présent, Kolvair croqua une aspirine.

Plongeant la main dans sa poche, il tâta fiévreusement le flacon de laudanum, contrant le besoin frénétique d'en reprendre une lampée.

La fouille de la cave confirma la fuite d'Anthelme. Les renforts s'avéraient plus que nécessaires. Kolvair décrocha le téléphone mural, demanda à parler à la police judiciaire.

Une des particularités des Brigades Mobiles instaurées par Clemenceau avait ceci de nouveau qu'à toute heure du jour et de la nuit une équipe d'inspecteurs devait se tenir prête. Une révolution pour les criminels noctambules, habitués à commettre leurs forfaits en toute impunité dès la nuit tombée.

— Donnez-nous vingt minutes, décréta l'un des Tigres lorsque le commissaire résuma l'état des lieux.

Le commissaire raccrocha, ne parvenant pas à joindre le professeur Salacan dont la ligne, selon l'opératrice, était saturée.

— Je m'en occupe, assura Jacques Durieux.

Le légiste, quant à lui, rouspéta pour la forme. Il serait là dès que possible, assura-t-il au commissaire avant de couper la communication.

Cet homme est une énigme, songea Kolvair.

Craig était sorti de la maison, le commissaire le rejoignit. Ils restèrent quelques minutes à observer le silence.

L'économie des mots était à la mesure de la quantité de sang versé. Une telle mort était indicible. Le commissaire attendait l'arrivée de ses collègues scientifiques afin d'avoir une idée plus précise de l'ordre chronologique du carnage.

La visite des lieux avait révélé qu'Anthelme avait pris le temps de se laver avant de quitter la pension. Les gouttes de sang indiquaient qu'il s'était blessé mais n'avait pas pris soin de panser sa plaie. Seul un provocateur patenté pouvait faire preuve d'une telle audace.

Or, ce détail ne collait pas avec ce que Kolvair savait du suspect.

Pendant la guerre, Anthelme Frachant avait plutôt fait preuve de fourberie, voire de lâcheté. D'aucuns auraient parlé d'un véritable talent d'acteur. Kolvair l'avait vu un jour tomber lors d'une offensive, fauché par une invisible force : il avait cru l'homme abattu comme nombre de ses compagnons, aperçu son cadavre foulé par les pieds des survivants, passant sur son corps sans vie pour avancer sur la ligne de front.

Un mort parmi les autres, aussi banalement inerte, la face dans la terre, l'homme réduit à l'état de nature morte, une boule de tissus mêlés ; chair livide et laine boueuse.

Mais ce mort-là était réapparu, bien vivant, au moment des corvées, balayant consciencieusement son carré. Kolvair avait été soufflé par le naturel de cette résurrection mais avait choisi d'accorder à Frachant le bénéfice du doute : la peur, tout autant que les obus, vous coupait les jambes. Kolvair pouvait en témoigner.

Quatrième partie

Une question de temps

21

La réussite d'une enquête résidait dans l'articulation de menus détails, parvenir à se mettre dans la tête du criminel qu'il pourchassait était une particularité du policier.

Tout fugitif va à l'essentiel, rationalisa le commissaire en essayant d'imaginer dans quelle direction était parti Anthelme une fois sorti de la maison. A gauche, la rue Planchat s'enfonçait vers les berges de l'Yzeron.

A droite, la route départementale : Kolvair visualisa nettement l'entrée dans la ville par le quai Perrache, la foule, la gare, l'anonymat : l'idéal pour un meurtrier en cavale.

— Je vous dis que tout est en règle, pesta le livreur en descendant de son véhicule, un lourd camion Citroën.

Kolvair avisa le chargement sans laisser paraître son impatience. Pas question de mettre le bonhomme dans la confidence. Or Anthelme, plus que tout autre meurtrier avant lui, restait un coffre-fort pour Kolvair. Le jeune homme semblait avoir fui le massacre comme il avait autrefois déserté le combat : en s'évanouissant.

Personne n'avait besoin de savoir que le commissaire consommait de la cocaïne, que son manque était le coupable collatéral de trois meurtres, que par sa faute un criminel courait dans la nature, armé et dangereux. Le chauffeur détacha la bâche en rouspétant.

Kolvair fit mine de vérifier la marchandise, plusieurs dizaines de sacs de charbon. En réalité, il s'assurait qu'Anthelme n'avait pas profité du passage du camion pour s'y accrocher puis s'y faufiler. La technique était bien connue des fugitifs.

D'un hochement de tête, Craig indiqua que le suspect n'était pas non plus dans l'habitacle de la cabine.

Le camion repartit en direction de Lyon. Dépité, Kolvair ne le quitta pas des yeux jusqu'à ce qu'il disparaisse, avalé par la nuit.

Plus le temps passait, plus les chances de retrouver le fugitif avant le lever du jour s'évanouissaient.

22

— Tu dis n'importe quoi !

Le procureur Pierre Rocher avait la voix déformée par le réseau téléphonique. Il appelait de Paris, excédé : prévenu du triple meurtre, il allait être contraint d'écourter son séjour.

— C'est lui, il n'y a aucun doute, répéta entre ses dents le commissaire.

Il prenait sur lui pour ne pas élever la voix, par respect pour les morts. Anthelme Frachant était introuvable.

— Contiens la presse jusqu'à mon arrivée, éructa Rocher dans le combiné.

Cela faisait trois fois que la communication était coupée et l'exaspération commençait à gagner le commissaire Kolvair. Le policier éloigna de son oreille les décibels du récepteur.

Comme à son habitude, le procureur Pierre Rocher se préoccupait d'abord de lui.

Le policier ne fit aucun commentaire. Il ne quittait pas des yeux Jacques Durieux.

A l'aide d'une pince et sur la pointe des pieds, le jeune physiologiste récoltait, valeureusement, les bouts de chair et d'os collés au mur.

Kolvair se fit la réflexion que Durieux avait un œil de lynx, le commissaire le regarda déposer un morceau humain sur une plaque de verre avec application. L'exercice exigeait de la minutie, Kolvair le savait pour l'avoir pratiqué.

— Passe-moi Farcet, ordonna le procureur dans le téléphone.

Hugues Farcet était le substitut du procureur, Rocher l'avait dépêché sur place. La jeune recrue, trop sensible, avait fait un malaise, Kolvair s'abstint de le mentionner. En guise de réponse, le commissaire arracha d'un geste ferme les fils du téléphone. Mieux valait éloigner l'irritabilité de l'homme de loi.

Kolvair rejoignit Durieux, veillant à n'effleurer aucune paroi. Il y avait du sang partout, sur les murs et les portes.

A vue d'œil, l'analyse de la scène de crime prendrait plusieurs heures. Kolvair avait ordonné une cinquantaine de prélèvements, à plus de trente endroits différents.

— Magnifique ! s'exclama Durieux en avisant une trace papillaire.

Le jeune scientifique, surexcité, ne semblait pas prêter attention à la présence du commissaire. Sans doute n'avait-il même pas remarqué son absence, durant ces cinq derniers jours.

— Où est Salacan ?

Durieux se figea

— Vous n'êtes pas au courant ?

Le jeune alpiniste avait parfois beaucoup de mal à en venir aux faits.

— Au courant de quoi ? Il y a pire que ce carnage ? s'impatienta Kolvair.

L'heure tournait, à l'absence du professeur s'adjoignait celle du légiste, Kolvair les avait connus plus ponctuels.

— Son fils...

Abasourdi, le commissaire n'eut même pas la présence d'esprit de demander lequel. Comme si Durieux avait lu dans ses pensées, il précisa :

— Charles, commissaire.

Durieux reprit son travail, ajoutant :

— Il a disparu.

Kolvair manqua s'étrangler.

— Pardon ? !

Kolvair avait très bien compris. Rater des épisodes n'empêchait pas de déchiffrer les grandes lignes, mais il fallait bien se donner une contenance.

Le policier préféra ne pas demander où se trouvait le légiste, sans qui la levée des corps ne pouvait avoir lieu. Au rythme où valsaient les mauvaises nouvelles, la symphonie était à redouter.

Kolvair soupira, constata que son odorat, persistant dans sa grève, annihilait les odeurs fétides.

Au moins une bonne nouvelle, se dit-il en avançant, gagné par l'urgence, jusqu'à la chambre d'Yves Laclé.

Si Kolvair avait tout compris, l'entomologiste américain venu de New York avec Craig n'avait pas souhaité rater l'opportunité de ce triple massacre. Une étude originale, en somme.

Kolvair connaissait la renommée du spécialiste de la faune des cadavres grâce à Salacan mais ne se rappelait pas son nom. En le saluant tout à l'heure, Kolvair avait été surpris par l'allure du scientifique américain, il ne correspondait pas du tout à ce qu'avait imaginé le policier.

Remarquer la jeunesse des autres était apparemment un trouble du vieillissement, se dit Kolvair en l'observant.

Un masque chirurgical barrait le visage de l'entomologiste de taille moyenne. Kolvair ne put s'empêcher de voir dans ses gestes vifs les ailes d'un insecte. Accroupi de guingois au niveau des oreilles du cadavre qu'il avait pris soin de ne pas déplacer, l'homme tenait une pince effilée dans une main, dans l'autre une compresse sur laquelle de minuscules asticots verdâtres gigotaient. Il avait pris soin d'étaler une bâche en plastique sur le lit de la victime afin d'y poser sa trousse d'intervention. Kolvair repéra un flacon d'éther ainsi qu'un bocal rempli de larves. Le scientifique avait l'air de savoir ce qu'il faisait. Rassuré, le commissaire tourna les talons. Il avait besoin de prendre l'air, à l'intérieur il suffoquait.

La rue avait été barrée à la circulation par les brigades mobiles, appelées en renfort. Deux inspecteurs contenaient comme ils pouvaient l'attroupement des voisins et badauds attirés par le ramdam.

Kolvair ne repéra aucun journaliste. Il se souvint que l'affaire Landru occupait les esprits.

Ça ne va pas durer, se dit-il en hâtant sa claudication jusqu'à l'Américain.

Il avait remarqué qu'en pareil cas, la plaie se métamorphosait invariablement en tumeur.

Craig Copper, épuisé mais vaillant, fumait une cigarette, les fesses sur le capot du véhicule du commissaire. Ils restèrent un long moment sans parler, Kolvair grilla une tige, Craig une deuxième. L'Américain tapait ses mains l'une contre l'autre pour montrer qu'il avait froid.

Kolvair consulta sa montre, dans deux heures la pharmacie ouvrirait, il pourrait enfin aller trouver son fournisseur. Le vendeur d'aspirines arrondissait ses fins de mois à l'arrière de la boutique, proposant divers produits sans ordonnance.

La tête chahutée par une nouvelle vague de manque, Kolvair avait du mal à mettre de l'ordre dans ses priorités. Il hésitait à rester là à attendre le légiste.

Ne savait-il pas l'essentiel : outre les nombreuses empreintes que le suspect avait semées derrière lui, Kolvair et Craig avaient localisé une large collection d'armes blanches dans la chambre d'Anthelme

Frachant. Sa fuite achevait de le désigner comme suspect numéro un.

— Ce n'est plus qu'une question de temps, annonça Craig d'une voix rauque.

Le commissaire acquiesça en se frottant les paupières, puis scruta l'horizon. Il régnait une odeur de cimetière, de plantations humides, de pourriture.

Kolvair contint sa nervosité : le jeune homme n'avait pas pris la peine de camoufler ses empreintes, son arrogance frôlait le mépris.

En principe, les criminels, désormais au fait des techniques scientifiques d'investigation, redoublaient de prudence : ils tentaient de les contourner. La prison restait la meilleure école des dernières méthodes employées par la police, les taulards se refilant les tuyaux : Anthelme ne pouvait les ignorer.

L'état des victimes, la violence des trois scènes de crime montraient qu'il s'en fichait. Il agissait en toute impunité et cette impunité aggravait sa dangerosité.

Je l'ai mésestimé, préféra ne pas dire à haute voix le commissaire Kolvair.

Le policier frissonna. La priorité commandait de loger au plus tôt ce psychopathe.

23

— Aucune trace d'effraction, nota l'officier de la police judiciaire.

Le professeur Hugo Salacan s'impatientait mais n'en montra rien. En toute circonstance, le directeur du laboratoire de la police scientifique chérissait la pudeur.

Le professeur songea un instant à considérer son appartement comme une scène de crime. Au point où il en était... Le principe de l'échange payait toujours, si un étranger s'était introduit pour enlever son fils, le professeur saurait le prouver.

Puis, s'imaginant interroger les siens et prélever leurs empreintes, il admit que le ridicule l'emporterait et s'y refusa.

Restons pragmatiques, les faits avant les conclusions, se rappela Salacan : la porte d'entrée avait été ouverte de l'intérieur. Le plus raisonnable était de se concentrer sur le disparu.

Hugo Salacan était en train d'améliorer son manuscrit en buvant du thé anglais lorsqu'un cri l'avait sorti de son inspiration.

« Charles n'est plus dans son lit ! »

Ce fut ainsi que leur gouvernante formula son désarroi, apprenant au scientifique la disparition de son fils cadet. Agé de treize ans, Charles Salacan s'était volatilisé.

Hugo Salacan avait aussitôt prévenu la police, et l'officier dépêché sur place, un brigadier à l'accent marseillais, terminait ses constatations.

Le bonhomme avait cet air sûr de lui des incompétents et annonça tout de go que le garçon avait fugué, qu'à cet âge-là c'était fréquent, que les voyages formaient la jeunesse, qu'il connaissait la musique.

« Ne vous inquiétez pas, avec ce froid il va vite rentrer au bercail », asséna-t-il en quittant les lieux.

Salacan avait dégluti comme on avale une couleuvre, espérant en effet que son cauchemar serait vite terminé. Mais rien ne se passa : un calme anormal régnait dans l'appartement, et son épouse, désœuvrée, l'implorait, blottie contre lui, répétant que c'était impensable, que Charles ne pouvait pas, que vraiment non c'était impossible, comme si elle cherchait à se convaincre.

Au contraire de son épouse et si l'éventualité de la fugue laissait Salacan perplexe, il ne la rejetait pas. Comment aurait-il pu, lui qui connaissait et aimait ses enfants mais ne savait rien de leurs doutes, leurs rêves, leurs turpitudes ?

Scientifique jusqu'au bout des ongles, ce qui le tracassait était ailleurs. Il était le seul à avoir vu Charles après son coucher.

Salacan avait croisé le garçon dans la cuisine, il préparait son thé et Charles était arrivé, réclamant un verre d'eau.

« Je meurs de soif », avait-il dit.

Ensuite, comme pour le prouver, l'adolescent l'avait englouti d'une traite.

Salacan avait ensuite rejoint son bureau et les ébats de son héroïne romanesque. Il n'avait plus prêté attention au garçon, convaincu que ce dernier était retourné se coucher.

Le professeur était le dernier à avoir vu Charles avant sa disparition, peut-être même juste avant, et, happé par son travail, il n'avait pas été capable de déceler quoi que ce soit d'étrange dans le comportement de son enfant.

Des bouchons dans le courant, voilà ce que nous sommes tous, clama-t-il en lui-même.

Il tritura sa moustache nerveusement. C'était insupportable à admettre.

Une nouvelle fois, il se repassa sa dernière entrevue avec son fils, dans la cuisine : la tignasse ébouriffée du garçon, ses paupières lourdes de sommeil, sa soif.

24

Le commissaire n'avait pas beaucoup de temps, c'est pourquoi il confectionnait son mélange avec une frénésie qu'il ne cherchait plus à contenir. A quoi bon ressasser ses manques et ses lacunes ?

La culpabilité n'était pas au programme de la vie du commissaire, en tout cas pas la sienne. Son intuition ne l'avait pas trompé : en prévenant le procureur Rocher de la dangerosité d'Anthelme, en tentant d'obtenir une filature officielle, Kolvair n'avait-il pas accompli son devoir ?

Sans hésitation, il agrémenta d'un demi-gramme de cocaïne son tabac, roula le cône et l'alluma. Il ferma les yeux comme on lâche les vannes, visualisant nettement le lit d'une rivière asséchée soudain abreuvée d'une cascade torrentielle. Le bonheur se propageait aussi vite que le malheur.

Kolvair garda la première bouffée de son mélange longtemps en lui, sentant soudain libérés son corps autant que son esprit. L'un et l'autre avaient réclamé leur béquille à cor et à cri. Le commissaire devait se rendre à l'évidence, son équilibre physique et mental passait par un artifice.

— La faute à la guerre, marmonna-t-il.

Lui n'avait rien demandé.

— Un crime, un mobile, énonça Kolvair à voix haute en aspirant une profonde bouffée.

Son fournisseur, un pharmacien affable et excentrique du vieux Lyon, incitait ses clients à la consommation immédiate, mettant à leur disposition un fumoir.

En principe, Kolvair la réservait à son intimité et évitait de s'éterniser. Semblable à un boudoir, le petit cabinet était une pièce aveugle. C'était ingénieux, le client, sans crainte d'être photographié à son insu, prenait ses aises.

Avec Craig qui ne risquait pas de le lâcher d'une semelle, Kolvair avait préféré guérir que prévenir.

Jusqu'à présent, le commissaire était convaincu qu'Anthelme Frachant avait assassiné le lieutenant Bertail afin de le dépouiller. Vol et délation rampaient dans les rangs des armées ; l'entraide, la solidarité vantées par l'état-major et colportées par la presse n'étaient qu'illusions. Les hommes restaient des hommes, la guerre ne faisait qu'exacerber leurs tares et leurs faiblesses.

Comprendre la motivation du coupable était déterminant. Depuis le début, Kolvair estimait que les économies du couple Laclé étaient la cible d'Anthelme.

Or, en présence du scientifique Jacques Durieux, le policier avait constaté qu'Anthelme n'avait rien touché ni volé. Ni médicaments ni argent. Ce détail irritait le commissaire, convaincu qu'aucun crime n'était jamais gratuit.

Le fait que la femme avait été décapitée donnait une importance équivoque à son cadavre. Kolvair se demandait si Anthelme n'avait pas cherché à brouiller les pistes.

Il tira une nouvelle bouffée, sentit le feu irriguer ses veines, son cerveau crépita. Une autre éventualité se faisait jour dans son esprit : peut-être que, contrairement à ce qu'avaient subodoré le commissaire et l'Américain au moment de la découverte des cadavres, le grand dadais, ce pensionnaire qui dormait à l'étage, n'était pas la victime collatérale mais la cible de ce triple homicide.

Peut-être qu'Anthelme avait réglé son compte au lascar, que Lucette et Yves s'étaient trouvés au mauvais endroit au mauvais moment. L'enquête le déterminerait, cependant Kolvair n'y croyait pas beaucoup.

En outre, les vélos des victimes encombraient l'entrée de la pension de famille. Anthelme n'en avait dérobé aucun, il eût été pourtant facile d'enfourcher celui de l'hôtelier. La logique ne voulait-elle pas qu'un criminel en fuite utilisât tout moyen pour la faciliter ?

Ça ne tient pas debout, conclut Kolvair en se relevant.

Comme pour signifier son scepticisme, il chassa d'un geste de la main l'épaisse volute qui stagnait devant lui.

Le policier avait d'ores et déjà comptabilisé une quinzaine de lésions sur chaque macchabée. Le légiste lui en confirmerait le nombre exact et la nature. Avant le nettoyage des cadavres, à la morgue, il serait difficile d'évaluer quel coup avait été mortel. Cependant, le commissaire avait l'impression qu'aucun des organes vitaux de Lucette Laclé n'avait été touché, encore moins visé.

Dans les trois cas, le meurtrier s'était acharné. Or, concernant le lieutenant Bertail, il n'en était rien. Le commissaire se demanda s'il n'avait pas tort de comparer ce qui ne pouvait plus l'être.

Aguerri aux techniques d'observation, il devait se rendre à l'évidence : le meurtrier n'avait pas cherché à camoufler ses crimes comme cela arrivait souvent.

Pire : le coupable était resté sur les lieux plusieurs minutes après son massacre. Anthelme ne laissait pas au commissaire le souvenir d'un homme prêt à s'éterniser avec des fantômes.

En 15, quand Kolvair avait vu Frachant simuler une blessure mortelle, il avait hésité : faire le mort pour éviter de se battre ou par peur de mourir, la frontière était mince et le doute était permis.

Kolvair avait lui-même fait dans son froc lors de son premier assaut. Expérimenter cette trouille qui vous paralysait forçait l'indulgence. Pour cette raison, il ne l'avait pas dénoncé. Frachant aurait été fusillé.

Le commissaire comprit que si, à ce moment-là, il avait su que Frachant était un criminel, il n'aurait pas hésité à utiliser la délation pour le faire tomber.

Au lieu de quoi Bertail était mort pour de bon et le policier se retrouvait aujourd'hui à traquer cette pourriture d'Anthelme.

Le malheur s'annonçait rarement, mieux valait rester éveillé, se dit le commissaire Kolvair en aspirant un ultime rappel de cocaïne.

Il se souvint brusquement d'un épisode de son adolescence qui avait peut-être bien déterminé son ambition de coincer les criminels. Derrière Villedieu, le village de son enfance, il y avait une route. Peu à peu, elle cédait la place à son spectre, les bois se densifiaient, le terrain grimpait pour devenir une succession de collines escarpées. Dans le pli de l'une d'elles, il avait un jour libéré un renard pris au piège d'un braconnier. Le lendemain, l'animal avait attaqué plusieurs poulaillers, tué six poules avant de se laisser de nouveau piéger : bon élève, le policier ne l'avait pas libéré.

Kolvair n'avait pas succombé une deuxième fois aux glapissements suppliants, encore aujourd'hui il n'en éprouvait aucun remords.

Un renard affamé sort toujours de son terrier, pensa le policier. Il suffit d'être plus patient que lui.

Kolvair sentit son intuition se réveiller. Anthelme n'était pas loin, il n'avait pas encore quitté Lyon, le commissaire le flairait.

Le policier vérifia sa prothèse, remplie de poudre.

Jamais trop tard pour redresser la barre, se dit-il, ragaillardi.

Rescapé d'un carnage qu'il n'était pas parvenu à empêcher, il lui appartenait d'éviter un nouveau massacre.

25

Trois heures à tuer avant les premières conclusions du légiste. Contrairement à ce que répétait l'Américain, tout n'était pas sous contrôle.

Entrer dans une enquête équivalait à commencer une excursion. Il importait de trouver le bon souffle. Prendre le pas, disaient les alpinistes à l'assaut d'un sommet.

Effectivement, l'harmonie ne résidait pas dans la longueur du souffle mais dans sa régularité. La bonne résolution d'une affaire criminelle dépendait d'une juste alternance de ralentissements et d'accélérations.

Le choix de l'itinéraire n'est jamais neutre, admit Victor Kolvair en avalant une gorgée de café. Il n'avait pas faim, son estomac, noué par une odeur pestilentielle, refusait tout subside.

Effet de la cocaïne ou retombée de l'adrénaline ? Après des heures d'anosmie, son nez avait décidé de lui jouer un nouveau tour et l'empuantissait du souvenir des cadavres, sans faire le tri dans sa mémoire : soldats aux tripes explosées, victimes découvertes dans les ruelles de Lyon. La mort, en bloc, lui montait aux sinus.

— Ah ! Commissaire !

La secrétaire du professeur Salacan se nommait Ombeline Bonnemaison. Kolvair releva la tête. Boire un café en montant les escaliers se révélait, pour un unijambiste, aussi périlleux et ambitieux que tenir à deux sur un trapèze. Mais Kolvair ne rechignait devant aucun défi.

Une sonnerie de téléphone retentit, Ombeline Bonnemaison tendit l'oreille et Kolvair en fit autant. Assourdie par les cloisons, elle provenait du bureau du professeur Salacan, forçant la secrétaire à se lever pour aller décrocher. Le policier la regarda disparaître, l'ère moderne engendrait ses esclaves.

C'est alors qu'il entendit un « oh, mon Dieu ! ». Blasphémer n'était pas le genre de la pieuse assistante, le commissaire comprit que quelque chose de grave venait de se produire.

Seule certitude : en quelques heures, le calme qui avait engourdi Lyon depuis six semaines avait laissé place à une éprouvante tempête.

Le commissaire Kolvair n'eut pas le temps d'épiloguer, son propre téléphone retentit. Il avait besoin de prendre son temps mais comprit que ce serait pour plus tard.

— Il est là !

La voix du chef de gare de Perrache, à qui le commissaire avait parlé une heure auparavant, vibrait d'excitation.

Le mince dossier que Kolvair s'était constitué sur Anthelme avait l'avantage de comporter plusieurs photographies du suspect. Le commissaire sentit son cœur battre à se rompre et le premier sourire de la journée fendre son visage. Cette fois, Anthelme ne lui échapperait pas.

L'intonation du chef de gare se voila d'inquiétude lorsqu'il demanda quoi faire au commissaire Kolvair. Pas question de confondre vitesse et précipitation. Kolvair se figura le hall de la gare. La foule des voyageurs et les multiples issues du bâtiment étaient des données qui compliquaient l'arrestation.

Afin de ne pas paniquer l'employé, le policier adopta une voix calme, demanda à quel endroit précis se trouvait le suspect.

— Il est installé à la brasserie. Il lit le journal.

Lire le journal... Anthelme n'avait jamais appris à déchiffrer une phrase, Kolvair le savait.

Encore une feinte, conclut le policier.

— A-t-il acheté un billet ?

Il entendit le chef de gare répéter la question au guichetier, puis ce dernier claironner « Nice ». Le commissaire se figura la ville de la Côte d'Azur, tremplin idéal vers l'Italie.

— Départ dans quarante-cinq minutes, précisa le chef de gare.

Kolvair y serait dans un quart d'heure.

A peine le téléphone raccroché, sa sonnerie grêle lacéra de nouveau le silence. Le commissaire fixa l'appareil, hésitant.

— Kolvair, annonça-t-il finalement dans le micro.

Secrètement, il espérait que ce fût Bianca.

— Vous êtes le commissaire ?

Le ton était masculin et empli d'autorité. Kolvair se maudit et jura à voix basse.

— En personne. Mais pressé.

Ses yeux ne quittaient pas sa montre, quarante-deux minutes, Anthelme, pourquoi nom d'une pipe avait-il décroché ?

— J'écoute, s'impatienta le policier.

— Docteur Marty, ajouta l'homme d'une voix sèche. Vous n'avez pas eu mes messages ?

Les reproches pointaient, ce qui n'échappa nullement au commissaire qui s'abstint de répondre. Le policier ne se rappelait connaître aucun médecin de ce nom.

Comme s'il avait senti la perplexité du policier, le toubib précisa :

— Médecin de l'infirmerie de la préfecture.

Kolvair se figea.

Immédiatement et sans bien savoir pourquoi, il pensa à son père. Dominique Kolvair était passé maître dans l'art d'apparaître quand plus personne ne l'attendait. L'infirmerie, au sous-sol du palais de justice, avait la réputation d'être surpeuplée de spécialistes du tapage nocturne, vagabonds, ivrognes, et autres oiseaux de nuit. Son père correspondait à ce profil.

— Un homme prétend qu'il a rendez-vous avec vous.

Ben voyons, se dit Kolvair, qui préféra couper court :

— Rappelez plus tard, je suis en plein interrogatoire.

C'est alors que le docteur se mit à hurler : le type qui demandait après le policier tenait des propos incohérents et, dans sa tenue de militaire, inquiétait le médecin. Non, il ne rappellerait pas plus tard, ce cirque commençait à suffire, il n'avait pas que ça à faire. Voilà deux heures qu'il laissait des messages. Non, il n'était pas la secrétaire et encore moins le majordome du commissaire. Bordel !

— Soit vous descendez, soit je le transfère à Bron !

L'asile. Réputé pour l'avant-gardisme de sa directrice, la belle Bianca Serraggio. Kolvair s'interdit de penser à la psychiatre.

Le commissaire se figea. Le soldat qui cherchait à le voir pouvait être son père, dont l'abus de rhum jalonnait les humeurs.

Mais Dominique Kolvair méprisait trop les militaires pour leur faire l'honneur d'enfiler, même pour se déguiser, leur uniforme.

— Un soldat, dites-vous ?

Le docteur rouspéta une dernière fois pour la forme avant d'ajouter :

— C'est ça. Un poilu.

Malgré lui, Kolvair frissonna. Les enquêtes criminelles ne toléraient aucun hasard. Quand tout était irrationnel, restait l'instinct. Le fugitif qu'il pourchassait n'arborait-il pas l'uniforme bleu de poilu, ses godillots cloutés et son teint hâve ?

— Comment s'appelle-t-il ?

Une violente douleur noua soudain les intestins de Kolvair.

— Anthelme quelque chose. Il se prend pour un dragon, expliqua le docteur Marty, très sérieux. Je lui trouve plutôt une figure de butor, ajouta-t-il.

Abasourdi, le commissaire se laissa choir sur son fauteuil, manquant trébucher sur une pile de dossiers.

Certains assassins revenaient sur les lieux de leur crime. Ceux que j'ai connus jusqu'à présent, songea Kolvair, avaient plutôt tendance à partir très vite en sens inverse. Aucun ne l'avait jamais convoqué à un rendez-vous.

Cela dépassait l'entendement, avalisant pourtant la logique erratique de ce suspect particulier.

Le commissaire Kolvair n'avait plus droit à l'erreur, et pas de temps à perdre. Il hésita à rappeler la gare, décida de suivre ses tripes. Le péquin surveillé par l'employé des chemins de fer pourrait finir en paix son journal.

Cinquième partie

Le calme avant la tempête

26

— Prussiens, sodomites, vous êtes tous contre moi !

Après avoir failli se perdre dans les dédales du sous-sol du palais, le commissaire Kolvair avait traversé la souricière.

Venu à sa rencontre, le docteur Marty, médecin de l'infirmerie de la préfecture, l'avait prévenu : « Je n'ai jamais vu quelqu'un d'aussi perturbé. » Ils avaient longé un dernier couloir, Anthelme Frachant les attendait, l'air hagard, dans la cellule capitonnée. Kolvair, flairant le danger, avait chargé son arme et il ne le regrettait pas.

Le docteur ne s'était pas aperçu qu'Anthelme avait dérobé une paire de ciseaux chirurgicaux. Le jeune homme la tenait comme s'il s'était agi d'une hache.

— Tu veux bien me rendre cet instrument, s'il te plaît... demanda le docteur d'une voix ferme.

Le docteur Marty tentait de raisonner Anthelme.

— Pose ces ciseaux ! s'impatienta le commissaire.

Anthelme poussa un cri strident, Kolvair resserra sa crosse.

— J'en ai besoin pour travailler, expliqua le docteur Marty, psychologue, en avançant en direction d'Anthelme.

— Moi aussi ! riposta Anthelme en reculant.

Depuis dix minutes, le jeune homme déblatérait des propos incohérents et confus avec une voix nasillarde que Kolvair ne lui connaissait pas. Soudain, Anthelme éclata de rire.

— C'est à mon père ! éructa-t-il en agitant les ciseaux devant lui, comme un trousseau de clés.

Le commissaire Victor Kolvair n'était pas sans savoir, pour avoir lu et relu le dossier militaire du soldat Anthelme Frachant, que le jeune homme était orphelin.

— Fais pas le con ! gronda le policier, pointant son revolver en direction du jeune homme.

Il ne fallait pas qu'Anthelme sorte blessé de cette cellule.

Le commissaire pensa au procureur, lequel ne manquerait pas de crier à la bavure si cela servait son ambition. Le policier baissa son arme. De plus, trop de questions restaient en suspens.

Soudain, sans plus prêter attention au commissaire ni au médecin, Anthelme pointa le mur avec la lame des ciseaux. Avec sa voix étrange, le jeune homme cria quelque chose à son ombre. Ce fut en tout cas la pensée qui vint au policier, qui ne voyait pas en quelle langue ni à qui s'adressait Anthelme. Fasciné, le médecin donna un discret coup de coude au policier :

— Il entend des voix, murmura-t-il.

Kolvair réprima un ricanement. Il songeait au soldat Bertail, assassiné dans l'indifférence générale, au papier peint à fleurs maculé de sang dans la maison d'Oullins, aux preuves scientifique que Durieux était en train de récolter.

Ce n'était pas le moment de polémiquer, les médecins diagnostiquaient, les policiers passaient les menottes, l'entente ne pouvait être cordiale.

— Anthelme Frachant, dernière sommation, exigea Kolvair en tirant en l'air.

La détonation claqua. Anthelme s'immobilisa puis tomba à genoux. Invoquant des forêts séculaires, son pire ennemi imaginaire, il poignarda son ombre.

— Anthelme s'est absenté ! cria-t-il soudain.

Le médecin l'observait, le front plissé par l'inquiétude. Kolvair se souvint qu'il n'avait pas pris le temps d'expliquer au toubib de quoi il suspectait Anthelme. Il n'en eut pas le loisir, le jeune homme leur fit de nouveau face.

— Je suis son ange gardien, assura-t-il d'une voix de fausset en penchant la tête, les yeux hallucinés.

Et moi le pape, se retint de rétorquer Kolvair, qui en une détente surprise asséna à Anthelme un violent coup de pied entre les omoplates.

Brutalement privé d'air, le poilu en lâcha les ciseaux. Kolvair eut la présence d'esprit de les faire glisser dans le coin opposé de la cellule avec sa canne. Le policier menotta Anthelme, lui ordonna de se relever, mais Anthelme ne bougea pas. Eteindre sa respiration sans la couper, détendre ses muscles : ce n'était pas donné à tout le monde de faire le mort.

Le commissaire savait le suspect expert en duperies et traîtrises, c'est pourquoi lorsque Anthelme fut secoué de violents spasmes, il n'y crut pas un seul instant.

27

La fenêtre était grande ouverte, le froid qui s'était engouffré dans la chambre avait anesthésié les odeurs. La sudation de trois garçons dans une même pièce, dont deux adolescents, diffusait parfois un concentré d'acides nauséabonds.

La circulation de l'air, un grand précepte de la vie, convint le professeur en poussant les battants.

Le professeur Salacan s'était bien gardé de faire part à Justine, son épouse, de sa crainte ultime : que Charles ait sauté par la fenêtre. Un suicide. Son travail de criminologiste l'avait déjà confronté à pire, il s'attendait à tout.

Justine, elle, avait émis l'hypothèse d'un enlèvement et Salacan était parvenu à la dissuader de cette idée saugrenue : ils n'avaient pas d'argent, aucune demande de rançon n'avait été formulée par d'éventuels ravisseurs.

Salacan perçut soudain, assourdis par les cloisons, les dix coups de l'horloge du salon.

« Les premières heures qui suivent la disparition d'un enfant sont cruciales. Primordiales, même. Plus le temps passe, plus les chances de le retrouver vivant s'amenuisent. »

La phrase du commissaire Kolvair résonna dans l'esprit du professeur Salacan.

Du scientifique, de la technique, lui aurait dicté le policier dont l'absence prolongée, songea Salacan, commençait à mal faire.

C'est alors que les traits du scientifique s'assombrirent : il venait de remarquer que les draps du lit de Charles avaient été retirés, laissant supposer que son départ était définitif. Intrigué, il s'approcha.

Puis il remarqua que la couverture, pliée sur le matelas, était en fait une serviette en éponge. Salacan se pencha et une odeur d'urine le prit à la gorge. Il fronça les sourcils, retira la serviette et découvrit, ébahi, une tache foncée comme de l'encre grise sur un buvard.

La serviette n'avait pas été posée au hasard. Ignorant le battement de ses tempes qui galopait, Salacan s'empara de sa loupe dans la poche intérieure de sa veste et inspecta la toile matelassée. Des auréoles indiquaient d'autres fuites, plus ou moins récentes. Depuis combien de jours Marie-Rose couvrait-elle les « accidents » de Charles ?

Aucun des enfants Salacan n'avait jamais souffert d'énurésie. Le professeur avait étudié ce relâchement des sphincters, lequel apparaissait vers cinq ans. Parfois sept. Jamais plus tard. Charles avait treize ans. Quelque chose ne tournait pas rond.

28

— Huîtres sur demi-coquilles, homard, rôti de bœuf, carré d'agneau.

Le légiste Damien Badou, satisfait, se retint de siffloter une opérette. Il se tourna vers le majordome en train d'ajuster ses binocles.

— Et pour le vin ?

La salle de réception dans laquelle ils se trouvaient, à quelques encablures entre Lyon et Mâcon, était une superbe dépendance. Le vieil aristocrate propriétaire des lieux, fantasque et flambeur, avait baptisé l'endroit « l'Aquarium ». Les caves abritaient un océan de nectars, l'alcool coulait à flots.

Le vieil homme, ami d'enfance amoureux transi de la mère de Damien Badou, avait accepté de prêter cette somptueuse salle pour le mariage du légiste : le Tout-Lyon allait s'y bousculer. Il paraissait même que deux Américains avaient fait le voyage uniquement pour ça. Les légendes se bâtissaient ainsi ces temps-ci, sur des ruines.

— J'ai choisi un château-margaux, rétorqua le chef de rang à lunettes.

Formidable, se retint de s'exclamer le légiste : sa fiancée se prénommait justement Margot.

Pour ce légiste qui aimait les hommes, épouser une fille de Chez Lili équivalait à s'acheter une conduite nécessaire. Les apparences avaient un prix, le légiste n'avait pas prévu de rechigner à la dépense.

Encore quelques jours à tenir et toutes ces simagrées prendraient fin.

Le docteur Damien Badou savait que d'autres débuteraient. Il n'avait pas choisi Margot par hasard.

Discrète sans être docile, Badou s'était imaginé que la jeune femme plairait à sa vieille mère. C'était loin d'être le cas.

— Qu'est-ce que c'est ?

Marie-Ange Badou, jusque-là restée en retrait, était ratatinée mais digne, vêtue de noir, les cheveux blancs en bandeaux.

La mère du spécialiste de la médecine légale avait depuis longtemps cessé de fêter ses anniversaires et quoi que ce fût d'autre. Dans deux jours, elle ne serait plus la seule à répondre à l'appellation jusqu'alors contrôlée de « madame Badou ». Cette idée l'insupportait.

— Quoi donc, mère ? s'enquit Badou.

Elle avisa une coupe de champagne en cristal et prit une mine renfrognée.

— Ces traces de rouge à lèvres !

Elle ne comprenait ni le choix de son fils ni la précipitation de ce mariage. Selon elle, il se fourvoyait et ce n'était pas son genre. Elle n'avait pas réussi à lui faire entendre raison, il méritait mieux que cette petite écervelée, dont elle préférait, refusant de prêter l'oreille au sixième sens des mères, ne pas savoir où il l'avait dégotée.

Elle s'abstint de tout commentaire, se raccrochant à son espoir d'avoir un héritier. Avoir. L'auxiliaire être, la veuve le conjuguait au passé.

Damien Badou montra la coupe de cristal au majordome. Le bonhomme rougit.

— Je vais m'en occuper immédiatement.

Au moins, Margot avait les hanches larges et supporterait la maternité. Ce pour quoi la femme était femme. L'ultime privilège.

— Toute cette pression que je subis ! se plaignit pour la énième fois la vieille veuve Badou.

Damien le légiste aimait les morts pour leur silence. Depuis l'enfance, il supportait les caquètements capricieux de sa mère.

— Est-ce trop demander d'avoir une fête de mariage où l'argenterie et le cristal sont propres !

Sa mère se prenait depuis toujours pour une diva.

— Quand pourrai-je, au moins une fois dans ma vie, te faire confiance ?

Damien Badou ne répondit rien.

— Ce sont là tous les remerciements que je récolte ! Tu veux que je boive dans le verre où une courtisane a laissé son rouge à lèvres ? Tu veux que mes invités soient embarrassés ?

— Non, assura le légiste. Bien sûr que non.

La mère, abonnée des apothéoses, balaya la pyramide de cristal d'un geste ample et brutal puis, magistrale, quitta les lieux.

Le majordome ne put retenir un juron en contemplant le désastre. Damien Badou relativisa :

— Elle est toujours comme ça...

Pas du genre à conjurer le mauvais tort, Damien Badou talonna sa mère vers la sortie en prenant le temps d'admirer les arabesques des voûtes. L'Aquarium... L'endroit rêvé pour noyer le poisson.

29

Le soir, après les journées éreintantes à l'usine Lumière, les anarchistes s'entassaient dans la cave d'une maison abandonnée sur les pentes de la Croix-Rousse. La planque était en effet idéale, isolée par les parois des traboules avoisinantes. Çà et là, entre les maisons, quelques petits enclos étaient suspendus. Parfait repaire pour cette bande d'illuminés qui rappelaient de plus en plus à Legone les rats des tranchées, toujours à l'affût d'un lambeau de chair. Comme eux, les anarchistes grouillaient dans les rues de Lyon la nuit venue, prêts à déchiqueter leurs concitoyens sur l'autel de leur utopie.

La cave permettait d'entrer et sortir sans être vu. Legone remarqua que le givre s'était faufilé entre les murs de soutènement, rendant glissantes les marches de pierre agrippées aux façades dans un équilibre qui, à certains endroits, donnait le vertige à l'inspecteur. Contrairement à ce que son nom suggérait, le policier n'avait pas grandi à Lyon et la géographie cinématographique de cette ville le fascinait d'autant plus.

— Pour personne, contre tout ! proclama Antoine Renoux, le chef de file des libertaires rassemblés.

La vingtaine d'hommes pendus aux lèvres du Ravachol lyonnais applaudirent. Legone eut envie de lever les yeux au ciel mais ne le fit pas. Il resta sans broncher, un peu lassé de les écouter ressasser les mêmes révoltes mal chevillées, observant Romain à la dérobée.

En parfait homme de main, le jeune frère de la restauratrice Blandine ne bougea pas d'un iota non plus. Il se tenait adossé au mur, les mains dans les poches, debout derrière Antoine Renoux, en retrait.

Dans son ombre, se dit le cinéaste Legone, sensible à la lumière, aux acteurs et aux décors. Réaliser des films érotiques fort lucratifs n'empêchait nullement le policier d'avoir des rêves de grand art.

En bonne enflure, Legone reconnaissait ses pairs. Or, sous ses airs de nihiliste convaincu, Romain cachait une nature d'individualiste patenté. Comme le policier, Romain portait un masque.

Legone trouvait ce jeune justicier, passé maître dans l'art de bouffer à tous les râteliers, touchant, presque émouvant. Romain tapinait, volait, avait à plusieurs reprises monnayé ses services d'indic à Legone par le passé. A sa grande surprise, le policier l'avait découvert, durant son infiltration, fervent admirateur de Chaplin. L'inspecteur le regarda sortir prendre l'air avant de le rejoindre.

— Tu en as pensé quoi ?

Legone avait prêté au jeune révolutionnaire la bobine 35 mm de *A woman*. Cette fiction muette réalisée en 1915 relatait l'histoire de Charlot, obligé de se déguiser en femme afin d'échapper à la colère d'un homme qu'il a importuné. Contre toute attente, Charlot se retrouvait à devoir repousser de nombreuses avances masculines.

— Il est pas mal. Mais je lui préfère *Miss Fatty's Seaside Lovers*, s'enflamma Romain.

Legone se souvenait parfaitement de cette fiction tournée en 15. Le réalisateur, un Américain obèse, s'appelait Roscoe « Fatty » Arbuckle. Plein d'humour, il interprétait dans son propre film et sans complexe le rôle d'une jeune fille de milliardaires, convoitée par des chevaliers servants. Le résultat était en effet hilarant, Legone se rappelait surtout l'apparition d'Harold Lloyd. L'acteur, venu présenter le film en France, avait provoqué des émeutes.

Le magazine *Mon ciné* avait distribué à l'occasion d'une projection grandiose un insigne qui permettait à ses lecteurs de se reconnaître dans les salles. Le magazine éduquait les spectateurs : ne pas lire à haute voix les sous-titres, ne pas siffler sans motif ni fredonner avec l'orchestre, ne pas applaudir aux péripéties mais seulement à la qualité de l'interprétation.

La cinéphilie haut de gamme était pour Romain la forme la plus sympathique de l'aventure moderne. Mais, comme Legone, il cachait à ses compagnons anarchistes sa passion : pour ces furieux de l'apolitique, aller au cinéma n'était pas qu'une perte de temps, c'était un crime.

— Action, réaction, annonça le jeune anarchiste cinéphile en rejoignant Renoux et sa bande.

L'inspecteur des Brigades du Tigre, méconnaissable avec sa tronche de latex, décida de son côté de profiter encore de la vue plongeante sur la Croix-Rousse. Il en avait soupé des litanies de l'anarchiste et de ses délires de destruction passive.

30

— Extrême violence des faits, acharnement de l'auteur.

Damien Badou mordilla le bec de son porte-cigarette, précisant qu'il n'avait jamais vu une chose pareille.

Vous n'êtes pas le seul, se retint d'ajouter le commissaire Kolvair en regardant Craig à la dérobée.

Ce dernier avait insisté pour accompagner le policier lyonnais à la morgue, il n'avait jamais assisté à une autopsie, trois cadavres pour le prix d'un étaient un événement qui n'avait rien de commun. Le commissaire se demanda si l'Américain allait tenir le coup.

Le New-Yorkais avait pris le temps de rejoindre son hôtel après la découverte du massacre de la rue Planchat. L'espace d'une seconde, Kolvair envia la fringance de l'Américain, lui n'avait pas fait de toilette depuis plusieurs jours et se sentait poussiéreux.

Le pire était que le policier ne voyait pas quand il trouverait le temps de retourner chez lui. Pas avant d'avoir interrogé le suspect, toujours sous sédatif depuis son arrivée, la veille, dans une cellule du palais de justice, où l'avait conduit Kolvair après en avoir soulagé le docteur Marty. Le commissaire avait dû se rendre à l'évidence, Anthelme n'avait pas simulé son délire. Pour preuve, seule une triple dose de laudanum était venue à bout de son agitation.

Contrairement à son habitude, le légiste Damien Badou ne sifflotait aucune opérette. Peut-être la présence de l'Américain le décontenançait-elle.

Dans l'urgence, le praticien avait boutonné sa blouse de travers. Le commissaire trouvait déplacé de le lui faire remarquer, c'est pourquoi il observa le silence, restant concentré.

Badou virevoltait entre la tête décapitée de la jeune femme et le reste du corps, allongé sur la table. L'abdomen, écartelé, dévoilait les côtes. Le commissaire Kolvair ne comptait pas s'éterniser, il écrivit sur son carnet : Lucette Laclé.

Le légiste saisit une aiguille d'une vingtaine de centimètres de long et se plaça derrière un mannequin de mousse.

— Lucette a été frappée dans le dos avec une arme blanche, expliqua-t-il en perçant le dos du mannequin avec l'aiguille. Douze fois.

Jamais le policier n'avait rencontré praticien plus respectueux. Badou ne craignait pas d'appeler les cadavres par leur prénom mais il n'y avait aucun mépris ni familiarité dans le ton qu'il employait. Simplement une distance affectueuse. Avec lui, les morts étaient entre de bonnes mains. Kolvair se racla la gorge. L'aiguille transperça le mannequin au niveau du poumon gauche.

Hémothorax, comprit Kolvair. Il se figura le sang s'écoulant à l'intérieur de la cage thoracique, l'agonie de la jeune femme, vraisemblablement pas morte lorsque Anthelme l'avait décapitée.

— Des traces de défense ?

Badou s'éloigna du mannequin et le commissaire resta un bref moment à fixer le bonhomme de mousse.

— Ni sur les mains ni sur les bras, expliqua le légiste, recouvrant d'un drap le cadavre décapité.

Le commissaire Kolvair acquiesça, Lucette Laclé n'avait pas eu le temps de réaliser ce qui se passait.

Badou s'avança vers la deuxième table d'autopsie, découvrit la dépouille d'Yves Laclé. Contrairement à son épouse, les mains et les avant-bras du pauvre homme révélaient plusieurs traces de coups de lame.

Le commissaire leva les yeux vers le légiste, lequel joignit ses bras en croix devant son visage, signifiant que Laclé avait été agressé par-devant et avait tenté de se protéger.

Kolvair fixa les nombreuses lésions sur l'abdomen de la dépouille, Badou en avait compté seize.

— Dont deux plaies profondes qui ont percé l'artère aorte et l'artère pulmonaire, précisa ce dernier.

Hémothorax pour Yves Laclé aussi, consigna le commissaire.

S'agissant de la troisième victime, si le couple Laclé avait eu le temps d'allumer la lampe de chevet et sans doute, en ce qui concernait l'époux, d'identifier son agresseur, le grand dadais qui dormait à l'étage n'avait probablement pas eu cette malchance. Kolvair se souvenait que la lumière était éteinte. Aucune trace de sang sur l'interrupteur lorsque le policier l'avait enclenché, Anthelme avait des yeux de lynx.

— C'est lui qui a le plus de lésions. Le criminel s'est acharné.

Kolvair trouvait odieux d'être agressé dans son sommeil. Et pourtant, mourir en dormant, quelle belle idée.

31

Le commissaire Kolvair se retenait de parler du suspect Anthelme Frachant au légiste. Rien ne servait de brûler les étapes.

Le docteur Damien Badou avait une haute conception de son métier, Kolvair la partageait. Au fond, le policier s'échinait à faire parler les vivants, le légiste les morts. Dans un cas comme dans le second, c'était rarement une sinécure. Ils avaient déjà eu l'occasion d'échanger sur leurs rôles respectifs concernant le bon déroulement d'une enquête criminelle : la lecture des indices et leur interprétation, les choix qu'ils engendraient.

Les légistes lisent les corps, les psychiatres, les âmes et, songea Kolvair, moi je feuillette leurs rapports.

— L'arme devait mesurer environ trois centimètres de largeur et entre dix-sept et vingt centimètres de longueur, annonça le légiste.

Kolvair nota sans attendre ces précieuses dimensions.

Le commissaire pensait aux baïonnettes que collectionnait Yves Laclé retrouvées dans la chambre d'Anthelme. Les lames, placées sous scellés, étaient en train d'être mesurées et analysées par Jacques Durieux.

Si Anthelme avait pris le temps de se laver, Kolvair ne voyait pas pourquoi il n'aurait pas nettoyé la lame coupable. Kolvair n'en doutait pas, le jeune scientifique lui confirmerait que l'arme du crime était une de ces baïonnettes.

— Nous sommes face à une décapitation à la fois complexe et maladroite, je n'ai jamais vu une chose pareille.

Damien Badou, faisant fi de la pâleur de Craig, avisa la tête de Lucette Laclé. Penché sur un lambeau de chair à vif, le légiste attrapa un écarteur. Cet ustensile en laiton, long et plat, permettait de ne pas contaminer la chair lors des constatations. Badou en gardait toujours un à portée de main.

— Je parierais sur une baïonnette, mais je n'en suis pas certain, affirma-t-il en accrochant la plaie d'un tendon avec l'embout de la tige en laiton.

— Comment ça, pas certain ? s'enquit le commissaire en fronçant les sourcils.

Badou ne répondit pas immédiatement.

Pour éclairer les chairs tranchées par la lame, il approcha la lampe sur pied à ressorts de la tête du cadavre. Kolvair ne répéta pas sa question, fasciné par la langue raide et grise qui pendouillait de la bouche de la victime.

— Toutes les lames ont un nom, commissaire.

Badou, toujours penché sur son écarteur, adressa un signe à Kolvair. De mauvaise grâce, Kolvair s'approcha.

— Celle-ci est crantée, voyez-vous…

Effectivement, la découpe sciée de la lame apparaissait nettement. En plaçant son écarteur à trois heures, Badou était parvenu à mettre en évidence l'empreinte de la baïonnette.

Longue et violente comme une lame de fond, se dit Kolvair en consignant les affirmations de Badou. Peu de baïonnettes avaient une lame crantée, le policier ne se souvenait pas d'en avoir vu une de ce type dans le sac trouvé dans la chambre d'Anthelme. La gorge de Kolvair se noua.

Le commissaire espérait engranger suffisamment d'éléments scientifiques pour écrouer Anthelme au plus tôt. La disparition de l'arme du crime compliquait le dossier, le commissaire ne l'ignorait pas.

Badou rinça ses mains dans un seau empli d'eau, égrenant un long couplet sur sa préférée, la Yatagan, de la baïonnette Chassepot. Elle devait son nom à la bataille de Crimée.

Soudain, Craig l'Américain eut un haut-le-cœur.

Le docteur Badou lui tendit une cuvette, continuant son refrain. L'Américain se reprit, murmurant que tout allait bien.

Kolvair se souvint de l'arme que l'armée française utilisait, entre autres : une baïonnette fine et effilée, la Rosalie.

Sur la Somme, le commissaire avait refusé la Lebel à croisillons dont la lame possédait la particularité d'empêcher les plaies de cicatriser correctement, favorisant les infections et une mort plus lente mais inéluctable.

Il y a bien ce modèle allemand, pensa soudain Badou. De quoi scier la chair comme si c'était du beurre.

Le légiste se rinça les mains et, sans attendre, choisit un épais classeur en cuir sur une étagère.

Il s'agissait de reproductions d'armes blanches : dessins, photographies et mesures des lames, le docteur Badou classifiait ses résultats et ses recherches. Il consulta sa table des matières puis chercha une page qu'il ouvrit. Intrigué, Kolvair se pencha.

— Une 98-05 ! s'extasia le docteur Badou en pointant avec son doigt l'image.

En découvrant le dessin d'une lame en dents de scie, le commissaire reconnut le modèle allemand utilisé dans les tranchées, la baïonnette qui arrachait les entrailles. L'état-major allemand avait été contraint de remplacer ce modèle archaïque, instrument de torture. La guerre avait ses raisons que la raison n'ignorait pas.

— Je n'en ai jamais vu, murmura le légiste comme s'il s'agissait d'une confidence de haute importance.

Il avait bien de la chance, songea le commissaire Kolvair.

A Verdun, des bruits avaient circulé sur les mauvais traitements subis par les soldats allemands faits prisonniers en possession de cette arme.

Revigoré par sa trouvaille, le docteur Badou termina ses mesures puis saisit un scalpel.

— Selon moi, le meurtrier a écourté la lame.

Certains tueurs, ceux à gages notamment, vénéraient leur arme. Le policier lyonnais avait croisé, lors de ses enquêtes, quelques exigeants qui personnalisaient leurs douilles, tels des trophées. Pourquoi un amateur d'armes blanches ne s'autoriserait-il pas, lui aussi, quelque originalité ?

— En tout cas, je vous confirme que c'est la même lame que celle utilisée pour votre pigeon, conclut le docteur Badou.

Kolvair se raidit. Il avait bien fait d'aller ramasser l'oiseau sectionné.

La sauvagerie et l'arme utilisée dans les quatre cas, un animal et trois humains, étaient identiques, confirmant à Kolvair qu'il n'y avait qu'un seul et même meurtrier. Il eut une pensée pour le procureur, qu'il avait tenté de prévenir : Rocher avait refusé une enquête officielle, il récoltait le gros lot en multiple de deux.

— Autre chose ?

L'absence de mobile dans ce carnage contrariait le commissaire Kolvair.

Jusqu'à présent, le policier parvenait à coincer les coupables et à résoudre des enquêtes criminelles en appliquant un raisonnement scientifique à chacun de ses questionnements.

Le mobile était une des quatre composantes à fournir des indications sur le criminel et sa victime. La confrontation de ces quatre composantes était essentielle. C'était mathématique, tout était lié : la scène de crime, la victime du crime, l'auteur du crime, le mobile du crime.

Dans le cas des trois cadavres retrouvés dans la maison d'Oullins, l'acharnement du meurtrier, l'impulsivité des coups perturbaient le commissaire Kolvair.

Si ces crimes étaient gratuits, pourquoi Anthelme était-il venu se jeter en pâture à la police ? Le jeune homme risquait la peine capitale, la décapitation.

Un masochiste, envisagea le commissaire, sans trop y croire. En coupant la tête de Lucette Laclé puis en prenant la décision de se rendre, Anthelme jouait la sienne.

— Pas de violence sexuelle, conclut le légiste.

Aucun mobile, décidément.

Le commissaire Kolvair acquiesça sans un mot, songeant à Freud. Le psychiatre avait fait récemment scandale en déclarant que tout était sexuel.

Dans le cas d'Anthelme et de son triple carnage, le commissaire Kolvair était de plus en plus perplexe.

Puis le policier se raisonna. Il était décidé, contrairement à Anthelme, à ne pas perdre la tête. Aucun mobile apparent ne signifiait pas qu'il n'en existait pas un, secret et d'autant plus terrible.

32

Dans la modeste salle à manger d'une tout aussi modeste maison des Brotteaux, populaire quartier de Lyon, coupe-gorge à ses heures, la jolie Blandine, propriétaire du bouchon du même nom, se tenait assise et penchée sur son journal.

Lisant les nouvelles telles des prédictions dans les lignes de la main, Blandine évitait avec soin de croiser le regard des deux autres filles, venues pour les mêmes raisons qu'elle.

Un cri déchira soudain le silence. Il n'avait rien d'un râle de plaisir. Blandine retint sa respiration, s'obligeant à continuer de déchiffrer avec peine une brève illustrée sur le court-circuit à l'origine de l'incendie qui avait dévasté, quelques semaines auparavant, le nouveau magasin Printemps parisien.

Elle devina la nervosité de sa voisine dont le pied fut pris de secousses quand un nouveau cri retentit. Plus strident, moins long, presque aussi douloureux que le premier, il rappela aux candidates qu'elles n'étaient pas ici en vue d'un entretien avec la maîtresse de maison ni pour solliciter une quelconque place de domestique.

Blandine dévora le feuilleton quotidien *Les Damnées de l'amour*, présenté en page deux du *Progrès*. Page trois, dans l'affaire des poisons, Eléonore Douéteau était condamnée à vingt ans de travaux forcés.

S'ajoutaient à sa peine mille francs d'amende. Mme Monin, mère d'une des victimes, obtenait trente mille francs de dommages et intérêts.

Pas mal, convint Blandine.

En découvrant l'entrefilet de dernière minute annonçant l'imminente visite-surprise à Lyon de Maurice Colrat, sous-secrétaire d'Etat à l'Intérieur, Blandine ne réagit pas immédiatement.

Ami d'Edouard Herriot, l'actuel maire de Lyon, Colrat prenait la peine d'annuler un voyage à Bruxelles afin de montrer la fermeté de son ministère à l'égard de la tuerie d'Oullins : la rumeur concernant la schizophrénie du principal suspect Anthelme Frachant relançait le débat sur l'acceptation de l'irresponsabilité pénale. Le triple meurtre virait à l'imbroglio politique.

Ce n'est jamais bon, songea soudain la jeune femme qui en avait soupé des réunions libertaires.

Elle visualisa nettement son frère Romain, ses camarades anarchistes : pour connaître les énergumènes, elle n'ignorait pas que le groupuscule ne laisserait pas filer une telle aubaine de revanche. Colrat était une cible parfaite pour un attentat. Blandine ressentit une pointe entre ses omoplates tandis qu'elle se remémorait le dernier échange avec son jeune frère, l'arme qu'il lui avait demandé de planquer.

Elle mordilla sa lèvre, tentant de chasser le pessimisme de sa prémonition. Ne s'était-elle pas juré de cesser de s'inquiéter pour Romain ? Pourtant taiseux, son amant Jacques Durieux ne cachait pas son exaspération, estimant que l'orphelin abusait de la bonté de sa sœur.

Blandine releva la tête lorsque la maîtresse de maison, une petite femme rougeaude et épaisse, entra dans la salle à manger. Elle tétait un mégot de tabac, portait un tablier maculé de sang qui couvrait une poitrine et un ventre déformés par le poids. Elle appela une des deux voisines de Blandine, une jeune fille tout juste pubère. Mal à l'aise, Blandine regarda disparaître la fillette dans le sillage de la taulière, réprimant les symptômes de son mal qu'elle sentait galoper. Elle étendit ses jambes, s'interdisant de vomir.

L'envoyé spécial à Versailles du quotidien lyonnais signait ses articles de son seul patronyme, Letoureur. Blandine pensa une nouvelle fois à Jacques : l'alpiniste avait eu l'occasion de croiser le talentueux journaliste et photographe, lors d'une enquête.

Pour la première fois de sa tumultueuse vie amoureuse, Blandine parvenait à faire durer, bon an mal an, une liaison. La jeune femme comprenait mal pourquoi elle redoutait tant de s'engager avec Jacques Durieux, ce garçon bien sous tous rapports. Cet amant était peut-être un brin casanier, il n'empêchait qu'il côtoyait les sommités lyonnaises : le procureur Rocher, le légiste Badou dont le mariage s'annonçait grandiose, le professeur Salacan, Edmond Locard, le commissaire Kolvair, que Blandine appelait « mon canard ». Blandine évita de trop réfléchir à ses hésitations sentimentales et reprit son déchiffrage. Le titre du journaliste Letoureur accrochait le lecteur :

« Procès Landru : Paris n'est plus Paris, il est tout à Versailles. »

Blandine se laissa happer par l'emphase du reporter grâce à laquelle le procès de Landru se transformait en véritable foire d'empoigne :

« Ce n'est plus de la curiosité, c'est une véritable frénésie. La salle serait dix fois plus grande qu'elle serait encore insuffisante pour recevoir la foule fiévreuse qui assiège ses portes. Largement décolletées et bras nus sous leurs manteaux de fourrure, combien d'élégantes trépignant d'impatience sous l'œil impavide du gendarme devront regagner leur auto sans avoir vu Landru ? »

Blandine accorda un regard à la photo en pied du Barbe-Bleue de Gambais prise dans le box des accusés.

Sous l'objectif de Letoureur, Landru ressemblait peu aux habituels portraits du tueur patenté. Le journaliste s'enflammait :

« Il est de taille droite et mince, et tient sous le bras gauche une serviette chargée de documents. S'étant assis derrière son avocat, maître Moro Giafferi, avec lequel il s'entretient un instant, il se met à regarder la cour, la tête haute, le regard lointain. La barbe d'un blond cendré descend longue et soignée, la moustache s'allonge en pointes effilées, le crâne est chauve, Landru donne l'impression d'un homme d'affaires intelligent, froid et retors. Il existe, ce n'est point un mythe, il n'a pas été inventé au début de 1919 pour détourner l'opinion publique de la pénible confection du traité de paix. Il existe comme vous et moi et, entre deux gendarmes, semble très fier d'être à pareille fête. »

Letoureur poursuivait, décrivant l'énormité de la coïncidence qui selon Landru s'acharnait à le transformer en bouc émissaire :

« Dix femmes se fiançant au même homme à la suite d'achats de mobilier, lui laissant leurs biens, leurs objets intimes, leurs papiers d'état civil, et disparaissant toutes aussi mystérieusement les unes que les autres au cours des voyages dans la villa de cet homme, sans jamais plus, malgré le temps qui passe, malgré la publicité faite, donner de leurs nouvelles. »

Cette histoire laissait Blandine perplexe : fallait-il être cruche pour confier ses économies à un homme !

Ensuite, le journal retranscrivait l'audition de Mme Friedman et son échange acide avec l'accusé.

« *Landru* : Sur quoi, madame, vous basez-vous pour dire que j'ai assassiné votre sœur ?

Mme Friedman : Mais oui, vous êtes un assassin. Croyez-vous que ma sœur vous aurait donné ses boucles d'oreilles ? Oui, vous avez tué ma sœur, puisque vous comparaissez en cour d'assises »

Letoureur, précisant que cette reponse d'une logique particulière avait provoqué l'hilarité de la salle, tenait le lecteur en haleine. Blandine se régala des bons mots retranscrits, elle ne regrettait décidément pas d'avoir choisi d'apprendre à lire, même sur le tard.

— C'est à vous, mam'selle !

Blandine sursauta. La femme, loin de dégager un parfum de respectabilité, puait la transpiration et l'alcool.

Pour dissimuler le haut-le-cœur qui s'empara d'elle, Blandine plia le quotidien et le rangea dans son sac à main. Elle blêmit et cela dut se remarquer car la rougeaude se précipita et lui tendit une bassine, que Blandine repoussa. Ses entrailles la tourmentaient. Sa décision était prise, elle n'en démordrait pas.

Une fois allongée sur une table de cuisine dure et inconfortable, elle n'apprécia pas que la femme tapote ses cuisses, dénudées par obligation.

— Alors, on a fait des bêtises ? lui demanda l'alcoolique en avalant une rasade de ce que Blandine reconnut être du gin.

La jeune femme n'eut pas le temps de riposter, un gémissement provint de derrière le paravent. Blandine comprit qu'émergeait dans la douleur la fillette de douze ans. Blandine frissonna sans lâcher des yeux la revêche en train de préparer un mélange de potions nauséabondes.

Elle est incompétente, se dit Blandine.

Avec son frère, la jeune restauratrice avait grandi entre familles d'accueil et orphelinats. Sous prétexte qu'elle n'avait pas eu de mère, Blandine s'empêchait de le devenir, condamnant au pilori la maternité.

— Vous êtes trop tendue, éructa l'avorteuse devant les jambes écartées de Blandine. Vous allez devoir revenir demain.

Blandine resserra les jambes. Elle éprouva un profond soulagement et accepta sans broncher les plantes abortives et les prescriptions de javel de l'avorteuse.

— A glisser dans le vagin ce soir, susurra la faiseuse d'anges.

33

Hugo Salacan gambergeait. Il marchait à grandes enjambées et faisait le maximum pour éviter les flaques qui stagnaient dans l'asphalte : le passage répété des roues creusait des ornières. Un jour ordinaire, sinon le froid soudain et implacable, promesse d'une neige précoce. Le vent s'était levé.

Le professeur s'efforça de ne pas imaginer son fils Charles en pyjama dans ce blizzard. L'enfant restait introuvable.

Suzanne, épargnée par la gravité de la situation, avait réclamé de préparer une pâte à gaufres, le dessert préféré de Charles. Ainsi, assurait la fillette aux drôles de petits yeux obliques, son frère, alléché par l'odeur, n'allait plus tarder. Hélas, aucun miracle n'avait eu lieu.

Le professeur n'était pas certain d'être parvenu à rassurer son épouse sur l'heureuse issue de cette mystérieuse disparition, une boule lui noua la gorge et le ventre tandis qu'il traversait la passerelle du palais.

Alarmiste, un vendeur de journaux annonçait à la criée que trois personnes avaient été retrouvées égorgées dans leur domicile d'Oullins. L'article prévenait que le coupable était toujours en liberté, conseillant de rester vigilant. Salacan frissonna, priant le ciel que son fils ne croise pas la route du coupeur de têtes. La bourrasque en quelques heures avait délité l'ataraxie de Lyon. Salacan soupira, il avait beau organiser son quotidien avec une rigueur toute scientifique, la vie finissait toujours par le prendre par surprise. Il franchit les portes du palais de justice, tentant de se concentrer. Le professeur avait pris la décision d'annuler son départ pour Lausanne, l'entomologiste américain Kenneth M. King partirait sans lui. Pas question de quitter Lyon sans savoir où était passé Charles.

Ce choix induisait que Suzanne ne pourrait être examinée par le confrère généticien de Salacan et ce contretemps taraudait le scientifique. Et si la fillette faisait le voyage avec King ? songea-t-il soudain.

— Du nouveau, professeur ?

La voix de Victor Kolvair l'extirpa de ses pensées familiales. Dans cette salle des pas perdus, il eut besoin d'un bref instant pour comprendre que le commissaire précédait un homme menotté. Le docteur Marty, de l'infirmerie de la préfecture, les talonnait. Salacan avait en plusieurs occasions côtoyé ce toubib des cas sociaux.

Kolvair salua d'une poignée de main chaleureuse le professeur. Ce dernier, malgré sa fébrilité, s'évertuait à faire bonne figure. Il tendit un exemplaire de la photo de son fils au policier.

— C'est la plus récente.

Le professeur souhaitait lancer un avis de recherche. Kolvair regarda le cliché.

L'enfant, assis sur une balançoire, fixait l'objectif. Les arbres feuillus du décor suggéraient que la photographie datait de l'été. Parfois, les parents d'un disparu confiaient à la police une image peu conforme à la personne recherchée. Au lieu de faciliter les investigations, cela pouvait les compromettre. Kolvair se souvint d'une affaire dans laquelle il recherchait un homme de cinquante ans dont l'épouse avait apporté la photo de leur mariage, trente ans auparavant.

Heureusement, Hugo Salacan maîtrisait la procédure, la photographie de l'enfant était ressemblante.

— Vous le connaissez ? s'enquit le docteur Marty, les yeux sur la photo de l'adolescent.

Sans se consulter, Kolvair et Salacan se tournèrent en même temps vers le médecin de l'infirmerie.

— Et vous ? renchérit Salacan sans répondre à son confrère.

Son cœur s'était mis à battre la chamade et lorsque le docteur Marty opina du chef en silence, le professeur se mit à tortiller sa moustache avec nervosité.

— L'ambulance sociale nous l'a amené cette nuit, précisa Marty en relevant enfin la tête. Il a été trouvé dans la rue en plein délire.

Décidément, se retint de rétorquer le commissaire en regardant Anthelme à la dérobée. Le jeune homme restait étonnamment calme. Hors d'atteinte, il ne prêtait aucune attention au professeur ni à la discussion en cours.

Quant à Salacan, il eut besoin de quelques secondes avant de réaliser que « Emplin Délire » n'était pas le nom d'une rue mais bien un état de fait. Le professeur resta un instant incapable de prononcer un seul mot tant il prenait sur lui pour ne pas défaillir. Tout était mal qui commençait mal, comprit le commissaire.

— Où est-il ? se permit ce dernier.

Le docteur Marty fronça les sourcils :

— Le connaissez-vous, oui ou non ?

Le commissaire n'eut pas le temps de répondre.

— Charles est mon fils, parvint à énoncer le professeur.

La mine contrite, le docteur Marty épongea discrètement son front et blêmit. Aguerri à soigner des sans-famille, il n'avait pas vraiment l'habitude d'annoncer les mauvaises nouvelles. Le mieux, face à un émérite scientifique, était d'aller droit au but.

— Je l'ai transféré à l'hôtel-Dieu il y a plus de cinq heures…

Salacan se figea.

— Je… je soupçonne une grave crise d'hyperglycémie.

Le suspect Anthelme Frachant soliloquait de nouveau, il était question de Dieu et du diable.

Un mélange d'accablement et de nervosité s'empara du professeur Salacan.

Formuler permettait de raisonner. Immédiatement, le professeur comprit que la polyurie et la polydipsie de Charles avalisaient les symptômes diabétiques. Il déglutit avec difficulté.

Au contraire du commissaire Kolvair, Salacan n'ignorait pas la gravité de la situation. Il avait un jour soigné une malade que le diabète avait paralysée dans d'atroces souffrances. L'adolescente était morte en quelques minutes d'un manque de sucre. Après la déficience mentale de leur petite Suzanne, voilà qu'un autre de leurs enfants semblait atteint d'un mal incurable. Mais ce n'était pas le moment de réfléchir à l'injustice des gènes.

Sournoise, l'hyperglycémie provoquait d'abord des malaises avec pâleur, des sueurs, une sensation de soif inextinguible. Parfois, se rappela Salacan, elle troublait la vue et la concentration, voire altérait le caractère. Au stade ultime, elle engendrait le coma.

Le docteur Marty, remarquant l'état de sidération qui pétrifiait Salacan, tenta de rassurer son homologue, l'enfant allait mieux et son taux de glucose s'était équilibré.

34

— Quarante et un, répéta le commissaire Kolvair.

Le commissaire n'avait aucune prétention en matière de semelle, il n'était pas cordonnier. Seulement, depuis qu'il lui en manquait un, les pieds et les souliers étant devenus son objet d'étude favori, il était capable de reconnaître la pointure des hommes d'un seul coup d'œil. Anthelme avait beau prétendre chausser du 41, c'était faux.

— Tu permets ? demanda le policier au suspect.

Etant donné la dangerosité du jeune homme, Kolvair ne voulait prendre aucun risque : Anthelme Frachant se tenait assis, les mains menottées derrière le dos, les chevilles entravées.

Les premiers résultats de l'examen des trois scènes de crime l'accablaient.

Anthelme Frachant résista lorsque le commissaire Kolvair se pencha afin de dénouer le lacet de sa chaussure droite. Kolvair adressa un signe de tête à Craig. Le policier new-yorkais, resté jusque-là en retrait et ravi de se rendre utile, se chargea de le maintenir. La lutte n'était pas égale, Anthelme céda son soulier.

En voyant Craig pincer les narines et s'écarter du pied du suspect, Kolvair eut besoin d'un bref instant pour comprendre que son odorat lui jouait une nouvelle fois un tour : aucune puanteur ne le dérangeait.

Etrange, se dit-il en constatant qu'Anthelme non plus ne semblait pas gêné par sa crasse.

Faisant fi de la saleté du godillot, Kolvair le posa sur la table d'interrogatoire, à côté de l'épais dossier de l'affaire de la rue Planchat.

Les mesures effectuées par le physiologiste Jacques Durieux stipulaient que l'empreinte du suspect relevée sur le lieu des crimes correspondait à une chaussure de pointure 43.

Ce premier mensonge était bon signe, Kolvair réprima un sourire de satisfaction.

Qui cache un œuf cache un bœuf, convint en lui-même le policier lyonnais en songeant à la règle d'or qui jalonnait les enquêtes criminelles : un homme qui mentait avait des choses à se reprocher.

— Dans la vie, commença le commissaire, tout est question de proportions.

Il fouilla dans sa poche, sortit un mètre de couturière enroulé comme un escargot et mesura sans hâte la longueur de la bottine ravagée. Vingt-huit virgule six centimètres.

— Du 43... C'est ce que je disais.

Comme si ce détail n'avait aucune importance, Anthelme haussa les épaules.

— J'ai oublié, expliqua-t-il.

Le commissaire Kolvair allait lui rafraîchir la mémoire.

Le policier s'empara d'un premier cliché : l'empreinte trouvée dans le sang, à côté du cadavre décapité de Lucette Laclé. Jacques Durieux, le brillant assistant du professeur Salacan, avait réalisé un grand nombre de photographies sur les trois scènes de crime. La netteté de l'agrandissement témoignait d'une réelle maîtrise technique.

Puis le commissaire Kolvair retourna la chaussure, approchant la semelle usée de l'agrandissement photo : les sillons laissés dans le sang correspondaient sans erreur possible à ceux du godillot.

Ensuite, Victor Kolvair regarda Anthelme, tentant d'accrocher son regard. Le jeune homme, campé sur sa chaise et sur ses positions, feignait d'ignorer la raison de cet interrogatoire.

— Je ne comprends pas, assura le suspect d'un ton désolé.

Le commissaire Kolvair fixa Anthelme un long moment. Le lascar plagiait la sincérité à en être convaincant, mais jamais le policier ne tomberait dans le panneau, il se l'était promis.

L'Américain tendit au Lyonnais une cigarette déjà allumée, le commissaire l'accepta sans un mot. Aussitôt, Anthelme s'offusqua.

— Tu chipotais moins la dernière fois ! vitupéra le commissaire Kolvair en soufflant la fumée au visage du suspect.

Le policier revit nettement Anthelme dans son uniforme de poilu, devant la maison d'Oullins, inhalant le tabac. Quelques heures avant le carnage.

— Je ne comprends pas, insista Anthelme.

Les pensées de Kolvair flottèrent un moment dans les airs comme l'ogive d'un obus qui n'a pas encore explosé. L'obtention des aveux d'un coupable était capitale dans la procédure d'une enquête criminelle. L'application de l'échange de Locard, les preuves scientifiques les facilitaient.

Dans le cas d'Anthelme, nier ne rimait à rien tant tout l'accablait. Kolvair n'avait pas encore trouvé le mobile de ce crime, mais il y parviendrait. L'aplomb du suspect le crispait néanmoins. Se livrer sans se dénoncer : encore une incohérence incompréhensible.

Une tension perça l'épaule du policier : ce dossier ravivait sa mémoire. Ses cauchemars douloureux, jusqu'ici reflués dans les ténèbres de son inconscient et les sous-bois percés de ses souvenirs refoulés, remontaient à la surface. Au détour des sureaux, la terre s'était gorgée de cadavres, d'ossements et de tissu en loques.

Il étala une à une les photographies réalisées sur la scène de crime à l'intention d'Anthelme, tel un joueur de poker abattant sa quinte flush. Le suspect se pencha, prit le temps d'observer chaque image, n'eut aucun mouvement de recul.

— C'est terrible ce qui est arrivé à ces gens, dit-il finalement sans quitter des yeux les clichés.

C'est le moins que l'on puisse dire, songea Kolvair.

Désarçonné par la froideur de la voix du suspect, le policier eut besoin d'un instant de réflexion. Il suivit du regard celui d'Anthelme, soudain hypnotisé par un gros plan de la tête coupée de Lucette Laclé, posée sur la commode. Kolvair fit glisser la photographie jusqu'au bord de la table. Anthelme semblait recouvrer la mémoire. Un masque d'horreur, pensa Kolvair en fixant les chairs à vif, les yeux exorbités. Enfin, Anthelme leva les yeux vers le commissaire :

— Celui qui a fait ça n'y connaît rien.

Pris de court, Kolvair sortit une cigarette de son paquet pour se donner une contenance, son cœur palpitait.

— En quoi te considères-tu spécialiste ? rétorqua le policier.

Le suspect opina du chef, comme un élève satisfait de sa bonne réponse. Il en rajouta, pointa de l'index les lambeaux de chair de la tête coupée :

— C'est pas moi qui ai fait ça, se vanta le jeune homme. Je travaille proprement quand j'égorge.

Kolvair se figea.

— Ah bon ? demanda mine de rien le commissaire, tirant sur sa tige.

A creuser ainsi sa ligne de défense comme son tombeau, Anthelme déroutait. L'extravagance ne convenait pas à toutes les situations.

— Et tu égorges souvent ?

Anthelme prit le temps de réfléchir, Kolvair fulminait intérieurement, envahi par le désagréable sentiment que le suspect les prenait pour des imbéciles. Puis Anthelme secoua la tête.

— Avant la guerre, j'égorgeais des poulets.

Sans se concerter, Kolvair et Craig dévisagèrent le suspect, leurs yeux écarquillés trahissaient leur déroute.

— Il faut faire ça propre, persista Anthelme, pour pas s'en mettre partout.

« Faire ça propre », se retint de répéter le commissaire, atterré. Il repensa au meurtre de Bertail, à l'uniforme immaculé d'Anthelme lors de l'inspection. Cet uniforme, encore une fois vierge de sang, malgré la brutalité du carnage d'Oullins. Quelle sorte d'homme pouvait accomplir une telle tâche, sans en porter les traces ? Un boucher surdoué, un tueur fou, un psychopathe méthodique ? Le vertige s'empara de Kolvair, qui se raccrocha à sa seule certitude : il avait devant lui le poilu qui avait commis tous ces crimes.

— Où étais-tu la nuit du crime ?

Anthelme leva les yeux au ciel.

— La nuit je suis dans mon lit.

Le policier ne parvint pas à réprimer la vision de cette cage dans laquelle il avait dormi, sur le front. Il chassa de son esprit le boucan des rats qui se cassaient les dents à tenter de rogner le grillage. Il sentit un pincement dans sa prothèse, au niveau des orteils, à l'exact endroit où une nuit les incisives d'un rat l'avaient mordu.

Soudain, un relent rance et humide titilla l'odorat

du commissaire Kolvair, une puanteur identique à celle respirée trop de temps au fond d'une creute du Chemin des Dames.

Et vous ? demanda soudain Anthelme.

Kolvair s'extirpa de son étouffant lit-cage imaginaire. Il reprit son souffle en se disant qu'Anthelme, lui, ne manquait pas d'air.

L'examen scientifique de la maison dans laquelle les trois cadavres avaient été découverts, celle-là même où le commissaire Kolvair aurait dû se trouver si son manque de poudre blanche ne l'avait poussé à découcher, les multiples empreintes papillaires et sanguinolentes d'Anthelme : tout révélait que la nuit des crimes, le jeune homme s'était introduit dans la chambre du policier.

En effet, le scientifique du laboratoire de police Jacques Durieux l'affirmait dans ses premières conclusions : Anthelme ne s'étant pas donné la peine d'effacer la moindre de ses traces après son carnage, les empreintes analysées sur la clenche ensanglantée de la porte de la chambre dans laquelle aurait dû dormir Kolvair l'accusaient. Si ses vêtements avaient échappé aux giclées de sang, ses mains et ses semelles avaient baigné dedans.

S'il n'avait pas quitté le domicile des Laclé, torturé par son manque, le commissaire aurait-il pu éviter ce carnage ? Le policier se ressaisit : la seule vérité était que cette escapade lui avait peut-être bien évité de se réveiller mort, trucidé dans son sommeil. Taraudé, le commissaire frissonna.

Enfin, une certitude s'imposa à lui : même en lui manquant, la cocaïne lui sauvait la vie.

C'est le monde à l'envers, se dit le policer, soufflant la fumée de sa cigarette au visage du suspect.

— C'est moi qui pose les questions.

En parlant, le commissaire observa le jeune homme entravé. Il remarqua qu'Anthelme Frachant ne bronchait pas. En aucun cas ses menottes ne semblaient l'embarrasser.

Le calme avant la tempête.

35

A peine le policier eut-il terminé de se faire cette réflexion que le téléphone retentit et, contre toute attente, Anthelme sursauta. En alerte, le commissaire choisit de ne pas décrocher le combiné immédiatement. Il constata que la sonnerie stridente agitait un peu plus le suspect.

Kolvair se demanda quoi penser. Ce jeune homme, stoïque devant les photos qui détaillaient ses crimes sanglants, gémissait à cause d'un téléphone. L'Américain, intrigué lui aussi. A la troisième sonnerie, le commissaire Kolvair éprouva un certain malaise lorsque Anthelme commença à soliloquer des syllabes en désordre. Comme s'il était en transe.

Tout cela n'a aucun sens, songea le policier en décrochant finalement.

— Kolvair, j'écoute, dit-il sans lâcher des yeux le suspect.

Le commissaire ne broncha pas : le front plissé par l'inquiétude, il écoutait sans un mot son interlocuteur.

Durieux était en train de lui confirmer qu'aucune des quatre baïonnettes retrouvées dans le lit-cage d'Anthelme ne correspondait à celle utilisée pour massacrer les trois personnes.

— Aucun doute possible, commissaire, assura le jeune scientifique.

Kolvair raccrocha. Blême, il reprit ses esprits en triturant son briquet, incapable de maîtriser sa nervosité. C'est alors qu'Anthelme éclata de rire. Il avait un regard illuminé et une voix de crécelle.

Soudain, tel un forcené, oubliant ses entraves, le jeune suspect tenta même de se lever. L'Américain, visiblement soulagé de faire preuve d'initiative, se précipita et le rassit fermement. Anthelme insista, Kolvair le regarda se contorsionner puis perdre l'équilibre et tomber, rivé à sa chaise par la poigne de Craig. Un zigoto aux mains papillonnantes.

Lors de sa convalescence à l'hôpital de Reims, le policier lyonnais avait croisé un épileptique auquel Anthelme, à ce moment précis, le fit penser : il redoublait d'incontrôlables spasmes, déblatérait des formules sans queue ni tête, mordait une personne invisible.

Kolvair saisit le jeune homme par l'encolure et le secoua comme un prunier. Le suspect ne réagit pas, le commissaire le relâcha. La nervosité l'envahit, il tapa du poing sur la table.

— Arrête ton cirque et dis-moi ce que tu as fait de la baïonnette !

Anthelme s'enfonça dans sa chaise.

— Laisse-le tranquille, éructa-t-il soudain en fixant l'Américain.

Les yeux d'Anthelme roulaient de gauche à droite, Kolvair et Craig se regardèrent. Les deux policiers se demandaient à qui et de qui parlait le suspect. La phrase du docteur Marty rencontré à l'infirmerie de la préfecture résonna dans l'esprit du commissaire : « Anthelme entend des voix. »

— Je ne peindrai jamais la porte du paradis, affirma encore le suspect d'une voix méconnaissable en frappant des pieds.

Il se roula en boule sous un drap invisible, demanda une couverture pour réchauffer ses cauchemars, puis un verre d'eau pour les noyer.

— Quelqu'un monte et descend les escaliers.

Son débit changea au milieu d'une phrase : en une fraction de seconde, le flot de paroles se déchaîna. Le commissaire, sidéré, était au spectacle.

— Je ne peux pas l'expliquer... Mes pensées s'échappent, je fais un rêve. Mes souvenirs s'effacent...

Anthelme se débattait, entravé aux pieds et aux poignets il n'avait aucune chance et se fatiguait inutilement.

Puis il se mit à pousser de drôles de grognements. Il déclara alors :

— Il passe devant ma chambre. Avec une baïonnette !

Le commissaire se redressa. Anthelme semblait apeuré, il se mit à sangloter.

Depuis sa rencontre avec la psychiatre Bianca Serraggio, le commissaire accordait une attention particulière à la science psychiatrique. Dérangeante et vaste comme un terrain de « je », plaisantait l'aliéniste. Kolvair soupira. Il patinait et ça ne pouvait plus durer. Il n'y avait ici rien de normal, cette enquête marchait sur la tête.

— Docteur Jekyll et Mister Hyde, commenta l'Américain en avalant une poignée de pastilles mentholées.

Le commissaire Kolvair ne releva pas. Il réfléchit, déroulant une fois de plus le fil des événements des dernières heures.

L'absence de raison, de préméditation, l'instantanéité de l'attaque, la violence, la férocité inutile de l'exécution, l'acharnement, la multiplicité des coups, l'absence de dissimulation et de toute tentative pour s'échapper ou se cacher, l'indifférence, l'absence de remords signaient le crime d'un homme souffrant de troubles psychiques.

La lame en dents de scie de la baïonnette ayant servi à tuer les trois victimes illustrait à merveille la pensée hachée d'Anthelme. Ce ne pouvait être une coïncidence, convint le commissaire en visualisant la tête de Lucette Laclé, posée sur la commode. La décapitation avait été désorganisée, le légiste était catégorique sur ce point.

Désorganisée, répéta soudain Kolvair en lui-même, de plus en plus convaincu que la scène de crime incarnait Anthelme. Ou vice versa, soupira le commissaire.

Une vague de mélancolie s'empara de lui à l'idée de comprendre dans quel monde terrifiant il vivait.

36

Peu après neuf heures, ils quittèrent la ville dans la voiture du commissaire. Le paysage scintillait au soleil. Trois degrés au-dessus de zéro, pas un souffle de vent.

Au contraire de ce à quoi il s'était attendu, Kolvair avait ressenti tout à l'heure au téléphone une certaine froideur dans la voix de la psychiatre Bianca Serraggio : elle avait donné son accord pour rencontrer Anthelme puis, sans s'éterniser, avait transmis la communication à son secrétariat afin que le policier réglât l'admission administrative du suspect. Pourquoi cette distance ?

Comme à son habitude, le commissaire eut du mal à ne pas se laisser aller à des déductions hâtives. Le policier avait informé la belle psychiatre de la filature qu'il projetait d'effectuer dès la sortie de prison d'Anthelme. L'aliéniste était au courant des absences que le travail du policier engendrait. En principe et jusqu'à présent, le docteur Bianca Serraggio, elle-même passionnée par son métier, ne tenait pas rigueur au commissaire de l'irrégularité de leurs rendez-vous. Pourtant tout à l'heure, lorsque le commissaire avait demandé de ses nouvelles, Bianca avait éludé.

Le policier n'avait pas parlé à la jeune femme depuis plusieurs jours, ce qui, il est vrai, n'était pas au programme. Le Cosmos et son opium, la fuite du temps, le manque de blanche, Anthelme, l'Américain, les trois cadavres, tout s'était précipité, enchevêtré. Pourvu qu'elle aille bien, pensa-t-il, un peu honteux. Il n'avait pas non plus eu le temps de demander des nouvelles de Néron.

Ces deux Italiens se sont reconnus, sourit Kolvair en lui-même, la vie faisait bien les choses. Lorsque l'absence du policier se prolongeait, il n'était pas rare que la belle jeune femme se laisse attendrir par le sympathique labrador et décide de le garder avec elle ; l'hôpital psychiatrique et son parc ravissaient l'animal. Néron avait adopté Bianca, et réciproquement. La psychiatre et l'animal, tous deux mélomanes, avaient en commun un certain sens de la mesure.

Cette indéniable réciprocité arrangeait le commissaire. Il sentit dans sa poche l'écrin avec la bague qu'il comptait offrir à l'aliéniste.

Chaque chose en son temps, se dit-il en prenant une profonde inspiration. Il fallait qu'il reste concentré.

Dans le rétroviseur, le commissaire observa Anthelme : cheveux défaits, teint jaunâtre, le visage mangé par une barbe mal rasée, le suspect était avachi, tel un boxeur après un match de trop. A ses côtés, l'Américain profitait du paysage, la tempe appuyée contre la vitre.

A cette heure de la matinée, la lumière saisissait les ravines. Il n'y avait eu aucun bombardement, la région avait été épargnée, les champs n'étaient pas dévastés comme ceux du front de l'Est.

Dommage que ce soit l'hiver. Ils ne croisèrent que quelques paysans, beaucoup de femmes vêtues de noir jusqu'au bout des sabots, la tête couverte d'un fichu.

Le commissaire se souvint d'un colonel qui, pendant la guerre, ricanait sur la fraîcheur et la vaillance des paysans et ouvriers : la ruralité, selon le cruel militaire, fournissait la meilleure et la plus valeureuse chair à canon qui soit.

Le commissaire Kolvair se demanda à quoi pensait le New-Yorkais devant cette France en deuil.

— Ici c'est pas les Etats-Unis, hasarda Kolvair qui n'avait jamais mis les pieds sur ce continent.

Craig garda le front collé à la vitre, les yeux rivés sur le Rhône.

— Tu te trompes. Personne en Amérique ne meurt de faim, c'est vrai. Mais beaucoup de gens sont aussi exclus de l'abondance.

— Personne ne meurt de faim, mais tout le monde meurt de soif, ironisa Kolvair.

La Prohibition laissait le commissaire perplexe. Prévue pour faire baisser la criminalité, elle semblait avoir provoqué l'effet inverse. De quoi rester dubitatif.

— Je ne voudrais pas être à votre place.

Craig sourit.

— Mon pays était devenu une nation d'ivrognes...

Exactement ce que le commissaire pensait de la France. Un souvenir atroce lui revint en mémoire : la torture de la soif. Sur le front, l'eau n'était plus potable nulle part. Même en hiver, même par temps humide, et à plus forte raison en été, la fatigue, la tension nerveuse, l'atmosphère de poudre brûlée desséchaient l'organisme. Un jour le policier s'était jeté sur l'eau pourrie d'un trou d'obus où baignaient les cadavres en décomposition. Au Fort de Vaux, les défenseurs avaient, quant à eux, bu leur urine.

Pour contrer le manque d'eau et la soif inextinguible des poilus, pour les encourager à se lancer dans la boucherie, l'armée n'avait pas hésité à abreuver ses soldats de mauvais vin. L'ivresse rendait le charnier supportable. Depuis le retour du front, le sujet restait tabou. En Amérique, ils acquéraient cette habitude dès leur plus jeune âge et buvaient toute leur vie, jusqu'à leur mort, expliqua Craig. Il fallait que ça cesse.

Kolvair écouta les arguments de son collègue, il était question des droits et des responsabilités individuels.

— Pour moi, cette lutte a une dimension religieuse, confia Craig.

Le commissaire réprima son envie de polémiquer : pour lui, la seule lutte digne de ce nom était la survie. Au-delà, c'était un choix. Pas une nécessité.

A l'approche de Bron et de sa charmante directrice, la voiture du commissaire sembla ressentir la même fièvre que lui et se mit à foncer. Craig donna une bourrade à Anthelme afin de lui signifier la fin du voyage. En respirant la transparence de l'air à pleins poumons, le commissaire eut la nette impression de se nettoyer de toutes ses impuretés.

37

Quarante-trois ans dans quelques jours, enjouée et fraîche avec sa chemise blanche en popeline et un sombre tailleur d'homme qu'elle avait commandé sans poches afin de ne pas être tentée d'y glisser ses mains, la psychiatre Bianca Serraggio vaporisait sur son passage un nuage de mystère et de mélancolie.

Kolvair reconnut de loin sa silhouette, sa démarche chaloupée, sa beauté singulière. Elle n'était pas seule. Le commissaire compta six personnes en blouse blanche, dont deux femmes. Egalité des sexes, féminisme, l'aliéniste combattait sur tous les fronts.

Le docteur Bianca Serraggio poussait un fauteuil roulant vide devant elle comme s'il s'agissait d'une bicyclette.

— Bonjour, Anthelme, dit-elle sans un regard pour le commissaire.

Kolvair eut l'impression que le sol se dérobait sous son pied, il s'appuya sur sa canne. Son intuition ne l'avait pas trompé, Bianca lui en voulait. Leur relation, certes teintée de discrétion, ne les empêchait pas de rester cordiaux même en public.

Le policier n'avait pas vu depuis longtemps la bouderie dans le regard d'une femme. Même les reines sont faillibles, songea-t-il en souriant du mieux qu'il le pouvait. Grâce à sa sœur et à leur mère, le commissaire avait côtoyé la colère sourde des femmes de tête, appris à la reconnaître. Pour la contrer, rien ne servait de la mépriser. Encore moins de la dramatiser. Si Kolvair avait beaucoup de défauts, lâcheté et insensibilité n'en faisaient pas partie.

Lorsqu'une situation vous échappait, mieux valait s'appuyer dessus pour la dépasser, se souvint le commissaire. Il apprécia que la belle, malgré des griefs personnels clairement affichés, restât professionnelle dans ses priorités. L'urgence s'appelait Anthelme.

La psychiatre proposa au jeune suspect de s'asseoir dans le fauteuil, avec ses pieds entravés il n'hésita pas longtemps. Courtois, Kolvair se précipita pour saisir les poignées de la chaise ambulante.

Le commissaire poussa l'engin, Bianca sembla apprécier mais ne le gratifia d'aucun remerciement. Anthelme, attiré comme un aimant, dévorait le médecin du regard. Telle une ruche suivant sa reine, l'équipe médicale talonna sa directrice et son sujet d'étude. Etrange cortège.

Quant à Craig, il gardait les yeux rivés sur les fesses d'une des collègues de la psychiatre. Le commissaire Kolvair reconnut une neurologue amie de Bianca. Aucune chance, elle est mariée, se retint-il de prévenir son homologue new-yorkais.

— Maman ? s'exclama soudain Anthelme, écarquillant ses yeux qui ne quittaient pas la psychiatre.

Le commissaire Kolvair leva les siens au ciel.

Rompue aux projections mentales de ses patients, la psychiatre élargit un peu plus son sourire sans lâcher des yeux le suspect.

— Je suis possédé par le diable, déclara Anthelme.

Exaspéré par cette nouvelle galéjade, le commissaire alluma une cigarette pour réprimer son envie de ricaner. Heureusement qu'il ne le fit pas, car Bianca, l'air très sérieux, rétorqua comme si tout était normal :

— Le diable ?

Kolvair tendit l'oreille.

— Oui, ce n'est pas moi qui ai fait tout ce sang. Je peux te le jurer.

— Ce n'est pas le diable non plus, marmonna le commissaire.

— Je suis fou ? s'enquit Anthelme.

— Non, je ne pense pas, riposta la psychiatre d'une voix douce et rassurante.

Anthelme expliqua que des voix encombraient sa tête. La psychiatre enchaîna :

— Ton esprit est constitué de deux entités distinctes. Une personne très différente de toi fait surface chaque fois que tu te fâches, ou que tu te sens en danger.

Ils arrivèrent à l'étage réservé aux cas les plus graves. Malgré la légèreté qu'elle affichait à l'égard du suspect, la spécialiste avait bien pris la mesure de la dangerosité du jeune homme. Cela rassura le commissaire.

Le policier parvint enfin à accrocher le regard de Bianca et lui sourit. Il décela dans ses yeux une tristesse enfouie qui lui pinça le cœur. Cette femme le chavirait.

— Alors c'est lui ? éructa soudain le suspect d'une voix nasillarde.

La psychiatre gratifia enfin le commissaire d'un sourire discret, celui qu'il aimait embrasser. Anthelme s'impatienta.

— Maman, est-ce que c'est lui qui me parle et m'ordonne de les tuer ?

Bianca répondit dans un soupir sans lâcher des yeux le policier. Le nœud qui serrait l'estomac du commissaire fondit et, pour la première fois depuis de longues heures, il sentit son nez se dégager. Ses hallucinations olfactives lui avaient fait oublier jusqu'au parfum délicat de la peau de Bianca.

— Nous n'en savons rien... précisa alors l'experte au suspect.

L'équipe médicale prit en charge le fauteuil roulant sans que Kolvair ait le temps de réagir. Lorsqu'il tenta de pénétrer dans la pièce médicalisée, la directrice s'interposa. Le policier se figea.

— Je te le rends dans trois heures.

Le commissaire n'avait aucun moyen de s'y opposer.

— Peut-être quatre, hasarda la psychiatre avant de fermer la porte.

Ce fut à ce moment que Kolvair se sentit poussiéreux.

Le corps véhicule l'âme, disait sa grand-mère toujours apprêtée.

Saisi par une furieuse envie de propre, le commissaire frotta avec le dos de sa main ses joues râpeuses. Sa barbe de trois jours lui pesait, Craig s'en aperçut.

— Je peux *t'en* occuper, *go and take your bath.*

L'Américain proposait de monter la garde, Kolvair ne rechigna pas, fit encore moins semblant.

Le commissaire appela Néron, qui l'ignora superbement : rancunier, le labrador refusa de suivre son maître et s'assit aux pieds de Craig. L'animal était contrarié, le commissaire n'insista pas, il assumait ses fausses notes. Le policier lyonnais estimait de toute façon que le mérite d'une décision ne pouvait être jugé qu'en fonction de son résultat.

Au fond, songea le commissaire Kolvair, les choses n'allaient jamais ni aussi bien ni aussi mal qu'on le croyait.

Sixième partie

Un homme en guerre contre lui-même

38

Vénissieux, 1er août 1914

— *Joyeux anniversaire !* dit à Anthelme sa voix en dedans.

Quatorze bougies sur un gâteau, autant de flammes qui vacillent en ce jour fatidique.

Le pantalon garance, la veste bleue, la certitude en bandoulière, Anthelme veut être le flambeau de ce chant de bataille. Défendre sa patrie est son leitmotiv.

— Tu es trop petit ! répond le maire.

Le garçon, toujours aussi mal attifé, porte des montures de lunettes sans verres qui aggravent l'étrangeté de son allure et l'inquiétude de son regard.

Anthelme ne travaille pas.

Anthelme est si puissant qu'il arrache les ailes du temps comme celles des insectes.

— *Te laisse pas faire*, riposte la voix dans la tête d'Anthelme. *Tu as quatorze ans aujourd'hui, tu es un homme !*

Convaincu, Anthelme saisit le maire par le col de sa blouse.

— Trop petit, moi ? Tu t'es vu, espèce de nabot planqué ? J'ai quatorze ans aujourd'hui et je sais que c'est un triomphe d'avoir cet âge-là !

Il est quatre heures, le soleil brille. C'est une agréable journée d'été.

Il faut trois hommes costauds comme des athlètes pour contrer la folie étrangleuse du mineur furibond. La mère promet de payer l'addition. Tenté par la proposition, l'officier municipal ne porte pas plainte.

— *Mes vœux les plus sincères pour cet anniversaire !* félicite la voix dans la tête d'Anthelme. *C'est toi mon supérieur*, explique-t-elle.

La voix dans sa tête est son seul maître à bord, de pareilles algarades sont sa nouvelle tocade.

— Personne ne peut me comprendre, explique-t-il à sa mère.

Anthelme se réfugie dans le lit de sa mère.

— Tu es trop grand ! lui explique cette dernière en le repoussant.

Anthelme s'accroche à l'anicroche : hier trop petit, cette nuit trop grand. Que signifie cet amalgame ?

— *Te laisse pas faire*, ordonne à Anthelme la voix en dedans.

La persécution devient sa diversion : la nuit, des créatures le menacent.

Il voit du sang partout.

— *Compte jusque quatre...* murmure la voix de sa tête.

C'est son tocsin à lui, sa mobilisation.

— Un, deux, trois...

La guerre retranchée qui vient de se déclarer ne quitte plus Anthelme.

39

— Tu es en train de m'expliquer que c'est le double d'Anthelme qui a commis ces crimes ?

— C'est ça... confirma Bianca sans hésitation en leur servant un thé. Il souffre de schizophrénie.

Le commissaire s'enfonça un peu plus dans la banquette. Exactement au même endroit que la première fois, se souvint-il. Ce jour tumultueux où elle était entrée dans sa vie. Bianca se tenait elle aussi à la même place, Kolvair lutta pour ne pas céder à un sentimentalisme déplacé. Sauf dans l'intimité, la belle détestait sensiblerie et fioritures. Grâce à cette femme, admit Kolvair, sa vie se métamorphosait. En vérité, Bianca le déroutait, continuait de le surprendre, c'était peut-être ce qu'il aimait tant chez elle.

— Détends-toi, Victor, murmura-t-elle. Tu en as vu d'autres.

La psychiatre expliquait son diagnostic au sujet d'Anthelme et le commissaire était devenu blême. Se détendre... Bianca en avait de bonnes. En silence, il avala une gorgée de thé, reposa la tasse, veillant à ne pas l'ébrécher. En compagnie de la psychiatre, il était devenu attentif aux lapsus et s'amusait des actes manqués.

Schizophrénie. En 1911, le psychiatre suisse Eugen Bleuler avait récusé le terme de « démence précoce » et inventé ce mot, inspiré du grec, afin de désigner la fragmentation de l'esprit qui touchait certains aliénés.

En 1921, le terme était à la mode et les spécialistes regroupaient sous cette pathologie la plupart des maladies mentales. Ce mot fit à Kolvair l'effet d'une décharge électrique. Le policier ignorait tout de ce mal, sauf l'essentiel : il bénéficiait de l'article 64 du Code pénal, lequel affirmait qu'il n'y avait ni crime ni délit si l'inculpé était en état de démence au temps de l'action ou avait agi sous l'empire d'une force à laquelle il n'avait pu résister.

— C'est une pathologie fascinante, précisa l'aliéniste.

Nerveux, Kolvair prit appui sur les accoudoirs et se leva d'un bond. Si ce diagnostic se confirmait, Anthelme échapperait à un procès et le commissaire avait besoin de reprendre ses esprits.

— Anthelme en présente tous les symptômes, ajouta Bianca d'une voix claire. Comme tous les schizophrènes, sa communication est modifiée par sa réfraction dans un univers hermétique.

Kolvair se remémora l'agitation d'Anthelme, mais aussi sa lâcheté, sur les champs de bataille.

— Un numéro de funambule !

Il sentit dans son dos Bianca le fusiller du regard.

— Son double est alimenté par des dérives paranoïdes et hallucinatoires. C'est insolite mais c'est le propre de cette maladie !

Kolvair était venu dans l'espoir que Bianca lui confirmerait qu'Anthelme simulait sa folie et voilà qu'il se retrouvait face à une énigme.

— Commettre un crime puis venir se rendre est une des particularités de cette pathologie, enchaîna la psychiatre. Selon les dernières études de Bleuler, cinquante pour cent des schizophrènes agissent de la même manière. C'est d'ailleurs ce détail qui m'a mis la puce à l'oreille.

Elle feuilleta le livre de Bleuler à la recherche d'un passage. Lorsqu'elle l'eut trouvé, elle le tendit à Kolvair, qui ne le prit pas. Il lui fallait du temps pour digérer. Une découverte n'augmentait pas forcément la connaissance. En revanche, marmonna-t-il à voix basse, elle augmentait notre conscience de la méconnaissance. Avec Anthelme, le commissaire eut le sentiment que l'essentiel était invisible.

— Il n'est pas venu se rendre, en 16, lança-t-il soudain.

Bianca ne s'en offusqua pas, la psychiatrie n'en était qu'à ses balbutiements et elle avait désormais l'habitude de se heurter au scepticisme de ses interlocuteurs. Kolvair était bien placé pour le savoir : être pionnier exigeait une conviction sans faille. Le commissaire fit quelques pas jusqu'à la haute fenêtre. Il observa Craig et Néron en train de jouer et courir dans le parc. Kolvair soupira. Avec sa jambe en moins, il n'avait pas les moyens d'offrir de telles parties de jeu à l'animal. Sentant la puanteur de chair brûlée lui prendre à nouveau les narines, il se concentra sur la vision du cadavre du soldat Bertail, des trois crimes dans la maison d'Oullins. Le sang était encore frais.

40

— Mme D. vient de mettre au monde un garçon…

Bianca, décidée à mettre un terme aux réserves du commissaire, s'était mise à lire à haute voix. Kolvair tendit l'oreille, elle avait la voix grave et ses yeux pétillaient. Elle aurait tout aussi bien pu lire un conte de fées.

— Un soir, continua-t-elle, son mari, âgé d'une vingtaine d'années, se bat avec elle, la prenant pour le diable.

Diable. Kolvair se figea, songeant à Anthelme.

— Il l'immobilise à terre, se saisit d'un couteau, puis se tourne vers le nourrisson cherchant un signe d'acquiescement, convaincu que l'enfant est un envoyé de Dieu.

Bianca tira nonchalamment sur sa cigarette.

— Ça va mal finir… lança Kolvair pour détendre l'atmosphère.

Bianca prit un air mystérieux.

— Ça finit toujours mal, non ? demanda-t-elle en soufflant la fumée.

Désarçonné, le commissaire n'eut pas le temps de répondre, Bianca se replongea dans sa lecture :

— Un mouvement de tête du bébé est interprété par le père comme une invite à se débarrasser du diable…

Sa femme, comprit Kolvair. Et il était prêt en effet, regardant Bianca se délecter du terrible récit, à le croire lui aussi.

— ... qu'il tue alors d'un coup de couteau à la gorge.

La psychiatre fit claquer le livre en concluant :

— Avant de se rendre à la police dans un état délirant.

Anthelme. Encore et toujours. Kolvair se racla la gorge.

— Difficile de ne pas penser à Anthelme et à son triple meurtre, décréta l'experte en déposant l'ouvrage à ses pieds.

Le commissaire regarda la voiture en train de se garer au côté de la sienne. Celle de Pierre Rocher.

— Quatre. Il a commis quatre crimes, coupa Kolvair en allumant une cigarette.

La psychiatre fronça les sourcils.

— Quatre ? Ne m'as-tu pas parlé de trois cadavres ?

Il passa une main dans ses cheveux.

— Je ne t'ai jamais donné de détails, mais tu penses bien que si c'était si important pour moi de garder Anthelme sous surveillance dès sa sortie de prison, ce n'était pas à cause des mutineries de 17.

Il sortit son mouchoir imbibé d'essence de lavande, le fourra sous son nez, tentant de chasser l'odeur nauséabonde. Réalisant que si cette puanteur avait été bien réelle, Bianca ne resterait pas là à l'ignorer, le commissaire craignit un bref instant d'avoir été contaminé par les hallucinations d'Anthelme. Il détesta la honte qui s'empara de lui, rangea son mouchoir. Un peu de maîtrise, Victor, se sermonna-t-il en son for intérieur.

— En réalité, je le soupçonne d'avoir égorgé de la même façon un de nos camarades, pendant la guerre.

Evidemment, je n'ai aucune preuve de ce que j'avance.

Absolument pas étonnée, la psychiatre opina du chef.

— Je te crois. La récidive est une autre composante de cette maladie.

Le commissaire la considéra d'un air pensif.

Bianca lui présenta alors deux clichés d'Anthelme. Le jeune homme, pris de face puis de profil, se tenait debout, en caleçon et en chaussettes. Sans comprendre, Kolvair saisit la loupe que la psychiatre lui proposait et observa de plus près les photos.

— Edifiant, n'est-ce pas ? pointa la belle.

Anthelme avait le corps scarifié. Abasourdi, le commissaire ne trouva rien à rétorquer.

— Bleuler propose une hypothèse psychopathologique, enchaîna la spécialiste. Le passage à l'acte serait une conséquence d'un trouble de l'affectivité rendant possible la violence qui, elle, découlerait des symptômes psychotiques.

Kolvair maugréa, perplexe. L'effroi, l'anxiété et la tristesse comme mobile de quatre meurtres d'une sauvagerie extraordinaire ne le convainquaient guère. Il ressassait ce fichu article 64 du Code napoléonien. Jamais, au cours de ses enquêtes, le commissaire n'avait eu affaire à lui. Il n'y avait au fond rien de nouveau, depuis la nuit des temps certains crimes restaient en forme de point d'interrogation, leur époque ne détenait pas le monopole de la démence.

41

La psychiatre ouvrit soudain sa main et la tendit à Kolvair, lui présentant des vis. Petites et dorées, identiques à celles trouvées sur les scènes de crime.

— Anthelme les avait sur lui. Dans ses chaussettes et son caleçon.

Le commissaire écarquilla les yeux.

— Anthelme est convaincu qu'elles le protègent des morsures de chien, expliqua la spécialiste, très sérieuse. De plus il est gravement paranoïaque.

Quel homme sensé portait des vis dans ses sous-vêtements pour tenir en fuite un prédateur imaginaire ? Le policier eut bien du mal à chasser de son esprit la fureur qu'Anthelme ou son double avait déployée au cours de ses trois crimes de la maison d'Oullins. L'acharnement, la brutalité des coups au point qu'Anthelme en perde ses boulons. Des petits cailloux semés dans le sang.

Pour la première fois de sa vie de policier, Kolvair se trouvait devant une double incarnation du principe de l'échange de Locard : ces vis pouvaient être utilisées à charge autant qu'à décharge. Elles confirmaient la présence d'Anthelme, prouvaient sa culpabilité et dans le même temps l'exonéraient de ses conséquences.

Il empocha les vis, se remémorant une nouvelle fois le soldat Bertail, sa gorge en guerre, tranchée et béante à la mesure de l'univers. Vengeance et justice lui semblèrent soudain brutalement incompatibles.

— Il faudrait comprendre ce qui est arrivé à Anthelme dans son enfance, déclara la psychiatre. Je suis convaincue que sa mère et son père ont joué un rôle prépondérant.

Comme toujours, se retint de riposter Kolvair. Le commissaire prit sur lui pour ne faire aucun commentaire. L'enfance et ses enfers... La bombe était lâchée mais pas désamorcée. Kolvair pesta. Le temps et le sang brouillaient l'histoire d'Anthelme : il avait atteint la majorité en prison sans jamais revoir sa mère. Quelques jours avant l'armistice, Josette Frachant, ouvrière manchette de la soierie de Lyon, avait trouvé la mort avec plusieurs collègues dans l'incendie accidentel de leur atelier. Il ne voyait pas comment ils pourraient remonter les traces d'Anthelme.

— Il avait à peine quinze ans lorsqu'il est arrivé sur le front, rappela Bianca.

Quinze ans, c'était jeune pour découvrir l'horreur, le commissaire en convenait. Mais ce n'était pas le propos.

— Peut-on imaginer que c'est la guerre qui l'a rendu comme ça ?

Bianca plongea dans ses réflexions. Elle termina sa cigarette en silence, Kolvair choisit de ne pas répéter sa question.

— Les traumatismes psychiques de guerre et la schizophrénie ont parfois en commun quelques symptômes hallucinatoires, dit-elle enfin. Mais... non, conclut l'aliéniste. Anthelme était schizophrène bien avant.

Traumatisme de guerre... Se pouvait-il que les hallucinations olfactives du policier en soient un signe ? Kolvair sentit le sol se dérober et un filet de sueur couler le long de sa nuque. Le Chemin des Dames et Verdun ne vous lâchaient pas comme ça.

La voix de Bianca lui fit l'effet rassurant d'une main tendue :

— Je dirai, en ce qui concerne Anthelme, qu'il est en guerre contre lui-même. La schizophrénie est une nuit dont on ne sort pas. Sous-jacente pendant l'enfance, elle se déploie à l'adolescence. A l'âge où Anthelme a commis son premier crime.

Bertail... Le commissaire avait voulu coincer Anthelme afin que justice soit rendue à ce camarade et voilà que la schizophrénie inversait la logique : la mort du soldat, comme les vis dans la maison d'Oullins, confirmait la pathologie de son criminel. Une à une, toutes les situations de ce dossier se renversaient.

— Il y a bien l'hypnose, suggéra la psychiatre. Mais nous entrons là en terrain inconnu...

Un peu comme l'amour, se garda de lui murmurer le commissaire, soudain fatigué. Par la fenêtre, il vit le procureur entrer dans l'hôpital. Il ressemblait à un aigle déchu, voûté et en colère. Un homme marchait à ses côtés. Kolvair souffla la fumée de sa cigarette sur le côté. L'experte allait avoir du fil à retordre.

42

— Docteur Serraggio, quel bonheur ! mentit Pierre Rocher lorsqu'il fut introduit.

Il se garda de serrer la main de la spécialiste des âmes. Le procureur avait toujours beaucoup de mal à dissimuler sa profonde misogynie. Il avait en outre une aversion toute particulière pour la psychiatre, son savoir, son insolence.

— Vous vous amusez bien avec votre nouveau jouet ? persifla Pierre Rocher. Avez-vous fait des progrès, au moins ?

Rocher possédait une logique toute mathématique : mieux valait un innocent guillotiné que deux coupables en liberté.

— Anthelme a le même comportement que celui des schizophrènes avérés, intervint Kolvair. Il agit sous l'emprise d'une autre personne, imaginaire.

— Comme vous êtes drôle ! Et lequel des deux suis-je censé envoyer à la potence ?

Rocher présenta son compagnon, membre du collège qu'il avait décidé de convoquer pour accélérer la résolution de l'affaire. L'homme s'appelait Paul Subbi. Le regard fuyant comme l'horizon, les mains moites, la soixantaine aussi tassée que ses épaules, Subbi était un psychiatre en qui, insista l'homme de loi, il avait toute confiance. C'était là tout le problème, se retint d'ironiser Kolvair. Le commissaire connaissait de réputation ce disciple de la phrénologie, il ne fit aucun commentaire. Bianca ne quitta pas son sourire crispé. Rocher avait appelé le docteur Subbi à la rescousse afin de contrer l'expertise de l'éminente spécialiste. Le procureur ne semblait pas craindre le désaveu du collège : Subbi travaillait souvent pour lui. Après tout, il s'agissait d'une commande. Narquois, Rocher imaginait déjà le décapiteur décapité.

43

Il y avait beaucoup de bruit, pourtant Charles Salacan, éreinté, dormait à poings fermés. Alors qu'un garçon sain sécrétait en vingt-quatre heures un litre et demi d'urine, Charles en avait rejeté près de cinq. Il avait maigri ces derniers temps et Salacan s'en voulut de ne pas l'avoir remarqué avant. Préoccupé par Suzanne, son manuscrit, son travail, le professeur réalisa qu'il avait oublié de regarder grandir ses autres enfants.

Justine posa sa main sur le front du garçon. L'enfant sourit dans son sommeil. Il était attaché au lit en métal par des sangles de cuir. L'infirmière avait motivé sa décision : lors de sa crise le fils du professeur Salacan était devenu agressif et avait même tenté d'arracher sa perfusion. Charles, agressif ? Justine Salacan ne parvenait pas à réprimer son profond désarroi.

En nage et essoufflée comme si elle venait de courir, l'épouse du professeur Salacan avait les yeux rougis. Les larmes terminaient de creuser ses joues mais elle ne sanglotait plus.

— Il ne doit pas rester ici, Hugo, murmura-t-elle soudain à l'oreille de son époux.

Le professeur Salacan terminait de feuilleter le compte rendu hospitalier. L'enfant avait subi deux saignées, à chaque fois la mesure de son taux de glucose excédait le seuil moyen. Les traitements à l'opium, puis à l'arsenic alcalin, s'étaient révélés inefficaces. A Salacan, ils paraissaient surtout barbares et d'un autre âge.

Comme tout scientifique, Salacan avait eu vent des dernières recherches mais, il fallait le reconnaître, aucun traitement n'était pour l'heure venu à bout de ce mal obscur qui rongeait le pancréas des malades. A Toronto, l'homologue de Salacan était l'éminent professeur de physiologie Mac Leod. Le Lyonnais et le Canadien entretenaient une correspondance épisodique. Mac Leod avait, en mai dernier, informé la communauté scientifique des travaux de son équipe, laquelle était parvenue à extraire le principe actif des îlots du pancréas, après ligature des canaux pancréatiques de bœufs. Trois hommes, Banting, Best et le biochimiste Collip, travaillaient sans relâche afin de rendre à cet extrait son pouvoir hypoglycémiant.

Avec ses collègues, Mac Leod avait, un temps, baptisé cet extrait « Soletine » puis, depuis peu, « insuline ». Il devait être testé sur des chiens rendus diabétiques. Mac Leod avait assuré à Salacan qu'il fondait de grands espoirs sur cette substance.

Le professeur Salacan jeta discrètement un coup d'œil à sa montre. Avec le décalage horaire, il devait patienter avant de téléphoner à son confrère canadien pour en savoir plus. Salacan avait en tête de s'informer sur les résultats des tests annoncés par l'équipe de Toronto. Happé par ses propres recherches et analyses circadiennes, le professeur lyonnais n'avait pas eu l'opportunité de se tenir au courant du résultat des travaux sur le diabète. Chacun sa spécialité. La jeune et ambitieuse équipe médicale du Canada avait promis de présenter les premiers résultats de ses tests à l'automne. Le malheur avait peut-être frappé Charles à un moment opportun.

— Notre fils rentre avec nous à la maison, décida le professeur Salacan.

Les enfants atteints d'un excès de glucose réclamaient calme, repos et bonne humeur. Rassérénée par la décision de son scientifique de mari, Justine sourit et serra la main de Charles entre les siennes. Les cris des malades saturaient les couloirs de l'hôpital, l'enfant guérirait entouré des siens.

Comme Salacan s'y attendait, le personnel hospitalier ne s'opposa pas au transfert : le service d'endocrinologie avait besoin de lits. Le chef de l'équipe salua le professeur.

— Régime alimentaire strict obligatoire, précisa-t-il. Et pas d'émotions inutiles.

Salacan acquiesça d'un signe de tête, s'abstenant de préciser qu'il restait sceptique quant à l'efficacité du traitement préconisé. Justine s'enquit de précisions.

— Eviter dans la nourriture tout ce qui peut augmenter la formation de sucre, confirma l'endocrinologue.

Salacan comprit que le praticien de l'hôtel-Dieu préférait éviter à Justine la sévérité du diagnostic : avec le diabète, la moindre petite blessure et infection risquait d'aboutir à la gangrène. Hugo Salacan reconnut que son épouse était pour l'heure trop choquée et n'insista pas. Ses pensées étaient dans l'avenir et les promesses de la science. Il fallait qu'il parle au plus tôt au professeur Mac Leod. Si ce dernier lui confirmait que l'extrait pancréatique appelé insuline supprimait les symptômes cardinaux du diabète canin, pourquoi n'éradiquerait-il pas ceux du diabète humain ?

— Hugo, j'ai réfléchi... s'empressa de dire Justine dès que l'équipe hospitalière eut quitté la salle commune.

Le professeur avait la capacité de raisonner tout en donnant l'illusion qu'il vous écoutait.

— Je ne veux pas que notre Suzy parte seule avec Mr King.

Le professeur, totalement pris de court, eut un mouvement de recul. Il pensait que le sujet était clos et ne comprenait pas l'obstination de son épouse à contredire la raison scientifique. Suzanne devait impérativement être auscultée par le généticien à Lausanne.

— Pas sans nous, Hugo, martela Justine en éclatant en sanglots.

Son épouse était à bout de nerfs, ce qui lui arrivait rarement. Même, convint Salacan, jamais.

— J'ai un mauvais souvenir, expliqua alors Justine.

Le professeur la serra contre lui.

— Lorsque j'avais six ans, mes parents m'ont confiée à un de leurs amis pour prendre le train.

Le professeur se figura son épouse, petite souris brune, avec des tresses et une poupée dans les bras. Emu par cette image, il sourit en déposant un baiser sur le front de sa tendre. En réalité, il ne comprenait pas où elle voulait en venir.

— Pendant le voyage, il m'a fait des choses.

Abasourdi, Salacan s'immobilisa sans savoir quoi dire. Jamais son épouse ne lui avait parlé de cet épisode de son enfance.

— J'ai faim ! réclama soudain Charles, éveillé.

Les époux Salacan se tournèrent vers leur fils. L'enfant avait les traits reposés mais le teint valétudinaire. Justine sécha ses larmes : outre un régime alimentaire draconien, la mère de famille se disait que son fils avait aussi besoin d'un entourage gai.

44

En matière criminelle, les accusés étaient soumis à deux examens. L'un, psychiatrique, devait déterminer si l'accusé était en état de démence au moment des faits et préciser s'il souffrait d'une maladie mentale. L'autre était une expertise psychologique censée estimer la dangerosité de l'individu. Plusieurs documents servaient de repères aux experts : un entretien avec le prévenu et des tests psychologiques.

— On ne décèle aucun signe de maladie mentale évolutive ou constituée, assura le docteur Subbi. Certains éléments du dossier laissent à penser qu'Anthelme conserve un souvenir très précis du déroulement des faits, ce qui suggère qu'il était pleinement conscient de ses actes. On tendrait même à croire, au vu des résultats des tests et des interrogatoires, que l'individu serait à même de simuler.

Ami du procureur, le docteur Paul Subbi n'avait rien de personnel contre sa consœur Bianca Serraggio. Simplement, la guerre des sciences ne supportait aucune trêve, même en hiver.

Anthelme, pas un malade mental ? Kolvair avait de plus en plus de mal à le concevoir.

Le psychiatre Paul Subbi avait procédé à des examens complémentaires dont les résultats mettaient clairement en doute le diagnostic de l'équipe médicale de Bron et de sa directrice : sur le tracé encéphalographique, aucune modification du cortex frontal supérieur, médio-antérieur et orbito-frontal, pas de baisse du flux sanguin ni de la consommation de glucose. Les études sur les schizophrènes réalisées depuis dix ans indiquaient la fiabilité de cet examen. Rompue aux attaques, l'aliéniste n'avait pas pour habitude de choisir le repli.

De son côté, elle n'avait pas hésité à contacter Eugen Bleuler. Ce dernier lui avait communiqué les coordonnées d'un de ses anciens élèves, un autre Suisse du nom de Hermann Rorschach. Ce psychiatre de trente-six ans, en passe de devenir une sommité grâce à sa thèse sur les hallucinations, venait, deux mois auparavant, de publier un prestigieux ouvrage : un outil clinique de l'évaluation psychologique de type projectif.

— Un psychodiagnostic, résuma la psychiatre en présentant un ouvrage imprimé en couleur au procureur.

Les sourcils de l'homme de loi se haussèrent. Deux accents circonflexes, songea le commissaire. Le policier, resté en retrait et debout, profitait du débat pour réaliser quelques croquis d'humeur. Rocher était un modèle de caricature qui inspirait parfois le commissaire.

Rocher n'eut même pas un regard pour le document que la psychiatre venait de poser devant son nez, aussi Bianca se pencha et ouvrit le livre. Le test mis au point par Rorschach consistait en une série de planches de taches symétriques proposées à la libre interprétation de la personne évaluée. Le commissaire réprima un sourire en observant l'expression du procureur. Grâce à Bianca, Kolvair avait feuilleté l'ouvrage dès sa publication. Rorschach avait eu du mal à trouver un éditeur : certaines des planches étant en couleur, le procédé d'impression coûtait une fortune. Le plus innovant dans cette méthode était que le psychiatre suisse proposait non pas de s'intéresser au contenu des réponses mais aux caractéristiques de ces réponses. De surcroît, il affirmait qu'il était notamment possible de distinguer les malades schizophrènes des autres déments.

— Il a développé un ingénieux système de codage, précisa Bianca en feuilletant l'ouvrage.

La première planche était une tache d'encre noire. Elle était suivie de deux planches bicolores en rouge et noir, puis de nouveau de quatre noires. Rocher eut un mouvement de recul que Bianca feignit d'ignorer. En lui présentant les trois dernières planches, superbes polychromes, Bianca sourit.

— Une fois analysées en profondeur, les réponses fournies servent à évaluer les lignes de force qui organisent la personnalité du sujet.

Rocher détourna le regard.

— Evaluer les lignes de force... Bien sûr...

Bianca déposa les résultats du test d'Anthelme, signifiant qu'elle les ajoutait à la procédure. Anthelme avait affirmé, médusé par les taches d'encre : « Ça coule, c'est rouge, ça sent, ça vit. »

— Quelque chose nous échappe, la société doit l'accepter, martela Bianca.

Cette femme est un roseau, songea le commissaire Kolvair. Pour la belle, le diagnostic de schizophrénie paranoïde était posé, l'évolution de l'état d'Anthelme ne faisait que le confirmer. La psychiatre s'accrochait à ses convictions : au-delà de l'épouvante, la schizophrénie rendait compte de l'irrationnel de ce type d'homicide.

Kolvair réfléchit, la société ne semblait pas prête à entendre qu'Anthelme incarnait l'emprise d'une étrange pathologie responsable du passage à l'acte.

Surtout lorsque certains médecins, tel Paul Subbi, doutaient publiquement de cette vignette clinique.

— En dehors d'un portrait type, forcément réducteur et caricatural, on retrouve de nombreux points communs dans l'histoire des agresseurs et leurs modes de fonctionnement, continua la psychiatre.

Lorsque le procureur se leva, Kolvair comprit que l'homme de loi souhaitait mettre un terme à cet entretien. Il va enfiler son pardessus, predit le commissaire. Sans surprise, Pierre Rocher, en effet, saisit son manteau et son écharpe. Il avait sa carrière politique à enclencher, cette psychiatre commençait à lui faire perdre trop de temps.

— Je compte l'hypnotiser, prévint Bianca.

Comme un hérisson, Rocher se crispa. Elle expliqua que l'histoire familiale des sujets atteints de schizophrénie mettait en évidence les carences éducatives et affectives dans la petite enfance, que celle d'Anthelme méritait de refaire surface.

— Ce doit être dur d'aimer un enfant pareil, osa le procureur.

Le commissaire réprima une envie d'acquiescer. Anthelme était-il perturbé parce qu'il avait été mal aimé ou avait-il été mal aimé parce qu'il était perturbé ?

— Certains de mes patients eux aussi victimes de mauvais traitements ont eux la capacité de se dissocier, annonça la psychiatre. L'acte criminel est alors engendré au moment d'une décompensation psychotique aiguë, d'une bouffée délirante, voire d'un délire paranoïaque de persécution.

— Si ça vous amuse... laissa tomber le procureur en levant les yeux au ciel.

45

— Les résultats seront présentés mi-décembre à la Société américaine de physiologie !

Quatorze jours de patience, calcula le professeur Salacan. Le scientifique réprima un profond soupir de dépit.

Malgré l'enthousiasme dans la voix de son interlocuteur téléphonique, le professeur Salacan ne parvenait pas à se détendre. Pour se donner une contenance et bien qu'il fût seul dans son bureau du laboratoire de la police, il écrivit machinalement « décembre ».

— Si elle donne son aval, nous pourrons procéder aux tests humains et envisager sa commercialisation ! claironna la voix dans l'écouteur.

Le professeur Salacan était en train de s'entretenir avec son homologue canadien, le professeur Mac Leod. Les résultats des tests d'insuline étaient on ne pouvait plus concluants.

Nul n'est prophète en son pays, admit le professeur qui se sentit soudain tout petit face aux mystères de l'endocrinologie.

— Amenez-nous Charles et je vous promets que nous le guérirons !

Salacan ne réfléchit pas longtemps, il accepta l'invitation du physiologiste canadien. Puisque jamais

Justine ne laisserait leur fils quitter seul Lyon, le professeur annonça qu'il accompagnerait le garçon.

Après avoir raccroché, Salacan resta un moment à torturer l'extrémité de sa moustache. Le trajet jusqu'au Canada le préoccupait. Son fils supporterait-il le voyage en transatlantique ? En cette période hivernale, ce dernier pouvait se révéler long et houleux.

Salacan fixa le tableau noir sur lequel il avait inscrit les rares renseignements sur l'insuline qu'il était parvenu à soutirer à Mac Leod pendant leur échange téléphonique :

• extrait de pancréas de bœuf

• en solution acide (pH = 3)

• administrée en 3 ou 4 injections par jour

• pas d'absorption sous forme de comprimé : étant un polypeptide, elle serait digérée si elle était prise par voie orale.

Le pancréas de Charles, devenu défaillant, ne sécrétait plus une hormone vitale. Il manque de carburant, songea le professeur.

Personne n'était à l'heure actuelle en mesure d'expliquer la raison de cette soudaine lacune. A cause d'une infection virale, assuraient certains généticiens. A cause d'un choc émotionnel, expliquaient quelques autres. Peu importait à Salacan. Aider le pancréas de Charles à réguler sa glycémie était tout ce qui comptait.

Le professeur décrocha de nouveau le combiné. Il patienta plusieurs minutes avant de s'entretenir avec un ami vétérinaire. Une demi-heure plus tard, un étudiant livra un pancréas de bœuf sain et fraîchement abattu. Une idée avait germé dans le cerveau du professeur lyonnais. Une idée complètement démente.

Sans se soucier de la puanteur, il resta concentré sur le découpage du pancréas de l'animal. Identique à l'organe humain, le pancréas de bœuf adoptait lui aussi la forme d'une chaussure à talon plat.

Penché sur son microscope, Salacan ligatura les îlots pancréatiques, appelés de Langerhans en mémoire du scientifique qui les avait isolés. Salacan les comprima et récolta le jus adipeux.

Le professeur Salacan prit soin de filtrer le liquide dont les impuretés étaient responsables de réactions locales, les lipodystrophies, ou d'allergies cutanées.

Il éprouva une furieuse envie de lisser sa moustache. Si Mac Leod et son équipe avaient vu juste, et aussi étonnant que cela puisse paraître, cette substance contenait l'élixir qui sauverait son fils.

46

Le tiroir glissa sur ses galets bien huilés. Le légiste Damien Badou saisit ce qui ressemblait à un épais registre mais n'était qu'un album de souvenirs conjugués au conditionnel. Il l'ouvrit et feuilleta les photographies prises par son amant de l'époque, Armand Letoureur. Se pouvait-il que ce brillant photographe et reporter joue à ce point avec le feu ? Le légiste avait improvisé son mariage après avoir reçu une lettre anonyme. Lui si prudent ne voyait décidément pas à quel moment il s'était trahi. Pendant un temps, il s'était même senti suivi dans la rue.

Après réception d'une nouvelle missive, manuscrite cette fois, le légiste avait précipité l'annonce de son union avec une personne de sexe opposé, étouffant la rumeur avant qu'elle n'enfle trop et ne parvienne aux oreilles de sa vieille et respectable mère. Ses préférences intimes ne la concernaient en aucun cas.

Badou se rappela que la photo avait été prise à Deauville, où ils s'étaient offert quelques jours de congé par le passé. Sur le cliché, Armand Letoureur portait un maillot de bain. Badou ferma les yeux, se remémorant les coups de fouet que le jeune homme n'hésitait pas à lui prodiguer pour faire monter la sauce.

— Je peux te parler ?

Badou sursauta. Il détestait être pris de court et ne trouva rien d'autre à faire qu'éclaircir ses cordes vocales.

Trente-deux ans, une robe droite dernière mode, bibi fuchsia sur la tête et fard assorti, Margot se tenait devant lui, se composant une expression d'ingénuité qui jurait avec ces couleurs. Pourtant, à cet instant précis, Badou la trouva belle. Sa volupté l'attira. Il ne s'y attendait pas.

— Il faudrait que tu penses à frapper, annonça-t-il en refermant, mine de rien, l'album.

Margot se laissa aller à un éclatant sourire. Contre toute attente, elle se dandina lascivement.

— Que je pense à frapper ?

La voix de la future Mme Badou, ferme et définitive comme un dernier prix, sous-entendait pas mal de connivences. Le légiste décida de saisir la perche. Il trébucha tandis qu'il se rendait à la rencontre de la belle allumeuse. Badou remarqua qu'elle avait raccourci ses cheveux, quelques virgules sur sa nuque. Cette coupe garçonne tombe à pic, convint le légiste.

— C'est ça qui vous plaît, monseigneur ? demanda-t-elle en le giflant.

La garce savait y faire. Il lui saisit le poignet, pensant la mettre à genoux…

— Rentrer dans le rang à défaut d'assumer d'en sortir, ça te connaît, n'est-ce pas ? le tança-t-elle soudain en se dégageant.

Elle avait cessé de jouer. Badou se rendit compte qu'elle lui tendait une enveloppe et se sentit débander.

Il reconnut d'abord la texture du papier. La page déchirée provenait d'un livre de comptes comme il en existait tant, il choisit de ne pas la déplier. Damien Badou avait beau être le légiste le plus en vue de France, il redoutait les certitudes des saisons laissées derrière soi comme à l'abandon. Il posa la lettre anonyme, aucun doute que c'en fût une. Quelqu'un imitait de trop près l'Œil de Tigre. Les lettres anonymes dont ce « Tigre » inondait la petite ville de Corrèze étaient abandonnées sur les trottoirs, les rebords des fenêtres, glissées dans les paniers des ménagères et jusque dans les troncs des églises. Jugés pornographiques car l'auteur ne badinait pas avec les « putain », « salope » ou « cornard », les courriers dénonçaient l'infidélité des uns, la mauvaise conduite des autres, réveillaient de vieilles histoires de famille. Rien que du banal jusqu'à ce jour où Honoré Bertrand, chef de service de la préfecture, reçut une missive l'informant que sa femme le trompait avec M. Legrand. Après vérification, Honoré Bertrand découvrit que l'auteur de la lettre, le Tigre, disait vrai. M. Legrand se suicida et l'affaire devint criminelle. Badou ne demanda pas s'il y avait écrit « sodomite » ou « pédéraste », craignant que Margot ne rétorque « les deux », se retint de poser la seule question qui brûlait ses lèvres : « Quand l'as-tu reçue ? » La réponse se révélerait capitale et déterminante pour son enquête personnelle : son suspect principal étant à cette heure à Versailles, ce ne pouvait être lui qui avait déposé l'enveloppe à l'intention de Margot. Pendant quelques secondes, le légiste Damien Badou comprit que ce qu'il souhaitait le plus au monde était exempter Letoureur.

A moins qu'il n'ait payé quelqu'un, songea soudain le médecin.

Le docteur Badou soupira : si le prodige de la presse lyonnaise n'était pas rentré, il n'était pas non plus sorti de la vie du praticien. Atteindre la vérité ressemblait aux autopsies que pratiquait ce dernier : une succession de malentendus jalonnait leur succès. Dans la vie, comme dans la mort, tout était une question d'occasion.

— Tu n'as qu'une chose à faire... annonça tout de go l'ancienne entraîneuse.

Elle se servit un cognac. Galant, Damien Badou se précipita.

Ce mariage avait beau être de raison, le légiste en connaissait les codes : il termina l'opération, lui tendit le verre, s'en remplit un. Ils trinquèrent, la demoiselle s'assit. En croisant son regard lourd d'autorité, Badou comprit qu'il n'y échapperait pas.

— ... me donner raison, décréta-t-elle en savourant sa facétie.

Badou la regarda apprécier une goulée d'alcool, il connaissait sa réputation. Il ne l'avait pas choisie au hasard parmi les pensionnaires de Chez Lili.

— Je demande à revoir le contrat de mariage.

Badou se figea.

— Que tu aies des amants ne me pose aucun problème, enchaîna-t-elle, du moment que tu te montres discret...

Elle avisa la lettre anonyme, la preuve du contraire.

— Tu ne l'as pas ouverte, je présume que tu en as reçu avant moi...

Margot se révélait sagace et ferme en affaires.

— Si j'étais toi, je rongerais mon frein le temps que...

— Je sais ce que j'ai à faire, la coupa Badou, soudain excédé.

Le légiste éprouva une fatigue ancestrale et décida de se maîtriser. Son cœur n'allait pas lui jouer un vilain tour au moment où sa vie était en train de devenir une opérette.

— Ah oui ? rétorqua Margot, ironique. Et tu penses que je vais te laisser m'utiliser sans chercher à en tirer un minimum ?... Tu peux duper ton monde, ta mère et tes collègues, je serai ta bonne conduite et ça ne me dérange pas. Mais dans une partie, les règles du jeu sont les mêmes pour tous les joueurs.

Il baissa les yeux, elle avait raison.

— Voilà ce que je propose...

Elle fouilla dans son sac à main, trouva ce qu'elle cherchait, un document qu'elle tendit au légiste. La découvrir maligne et âpre en négoce le rassurait, mais il se garda de le confier. Elle vint se placer à ses côtés, il ouvrit ce qui était un contrat de mariage dans lequel Margot notifiait ses exigences, elle les répéta à haute voix, comme si Damien Badou ne savait pas lire :

— Deux enfants, chambres à part, être la seule à apparaître en public à tes côtés...

Une liste de desiderata extravagants ou disproportionnés :

— Une villa au bord de la mer...

Margot expliqua qu'elle souhaitait se consacrer à sa passion : la mode. Elle avait besoin de fonds pour financer une première collection. Badou se dit qu'il allait la raisonner, elle avait fait erreur, il n'était pas un de ces industriels fortunés et n'avait pas les moyens. Il n'en eut pas le loisir.

— Assez de sornettes, Damien Badou ! Tu peux raconter que le crime ne paie pas, personne n'est dupe !

Il imagina Armand Letoureur, rédigeant debout ses délations.

— Ta mère te manipule, ouvre les yeux. C'est toi l'héritier de ton père, non ?

Comment Margot avait-elle eu vent de la fortune familiale ? Badou songea à l'Œil de Tigre, il se sentit cerné et éprouva une sensation très étrange. Les frais induits par les revendications maritales de l'ambitieuse ne représentaient qu'un dixième de sa fortune, Badou calcula mentalement que les négociations ne seraient pas nécessaires. Capituler n'était en rien une honte insurmontable, comparé aux bénéfices certains de cette union massacrée. Au fond, Margot lui proposait une vie idéale : il pourrait continuer à batifoler, les apparences seraient sauves.

Ce fut en déchiffrant la dernière clause du contrat qu'il se décomposa : il stipulait que la mère de Damien Badou ne devrait plus partager le domicile conjugal à compter du jour du mariage. Demain.

Ahuri, le légiste but plusieurs gorgées de cognac puis posa le verre.

— Je ne peux pas faire ça... s'entendit-il prononcer.

— A ta guise, riposta Margot avec un calme déroutant.

Elle se leva, décrocha le téléphone puis demanda à être mise en relation avec l'Aquarium. Elle sourit à Badou en patientant. Blême, le légiste mordillait ses lèvres.

— Je ne quitte pas, non, confirma-t-elle dans le micro.

Puis elle fixa Badou, de plus en plus nerveux. Il la supposait tête brûlée et en eut la plus remarquable des confirmations :

— Ne fais pas cette tête, je vais retourner chez Lili, ce n'est pas un souci.

Le médecin se sentit désorienté.

Rien ne prouvait que l'Œil de Tigre ne comptait pas profiter de ce rebondissement pour faire parvenir une lettre anonyme à sa mère. Il fallait de toute urgence mettre fin à cette course délatrice. La voix de Margot sortit Badou de sa torpeur, la communication était établie :

— Le mariage est a...

Il se précipita et coupa la communication.

— Je signe ce contrat et tu me remets la lettre, concéda-t-il dans un souffle.

Il s'était promis de destituer le maître chanteur, une idée mûrissait : une fois marié, il soumettrait les insultes anonymes aux expertises graphologiques d'Edmond Locard.

— C'est d'accord, annonça Margot sans aucune afféterie.

Le jour de leurs fiançailles, sa future belle-mère lui avait offert un jeu d'échecs. Margot sourit en elle-même : elle n'y pouvait rien, elle préférait les cartes, surtout les réussites.

47

— Vous flottez...

Bianca agitait devant le visage d'Anthelme un petit miroir rond, de sorte qu'il ne puisse échapper au reflet de son image. C'était la première fois que Kolvair assistait à une séance d'hypnose. L'Américain aussi, à voir son expression intriguée.

— Vous flottez et rien ne peut vous retenir, murmura la psychiatre sans quitter des yeux Anthelme. Vous êtes à présent libéré de toute contrainte temporelle et matérielle... Vous n'avez plus d'enveloppe charnelle...

Anthelme ne répondit pas, il avait les traits détendus. Pour la première fois, le commissaire remarqua qu'il émanait du jeune homme une certaine prestance.

— Sentez-vous une chaise en dessous de vous ?

— Non, rétorqua avec calme le suspect, hypnotisé.

Bianca adressa un signe de tête à Kolvair. Le commissaire la trouva désarmante et il s'empêcha toute ironie. La séance commençait.

— Anthelme... Pourrais-je parler à ton protecteur ?

Le jeune homme opina du chef. La psychiatre attendit encore quelques secondes puis rangea son miroir. Le suspect n'eut aucune réaction.

— Anthelme ? s'assura la psychiatre.

— Moi, c'est Fanfan, précisa ce dernier.

— Fanfan… et quel âge as-tu ?

— Six ans.

Anthelme se leva. Immédiatement, Craig se redressa, prêt à intervenir : le suspect prétextait se prendre pour un môme, n'empêche qu'il avait bien l'apparence d'un solide gaillard. Mieux valait rester vigilant.

— Fanfan, tu veux bien te rasseoir ? demanda Bianca en fixant Anthelme.

Comme s'il venait d'être pris les doigts dans la confiture, ce dernier obtempéra. Ensuite, il pleura, gesticula comme un mauvais élève. Bianca lui proposa de dessiner, il s'exécuta. Triomphante, la spécialiste présenta la composition graphique du suspect aux deux policiers. Craig, impressionné, ne trouva rien à ajouter. Kolvair, circonspect, choisit de garder le silence. Le commissaire connaissait suffisamment le procureur pour savoir que ce dernier n'était pas vraiment amateur d'art naïf. Jamais l'homme de loi n'admettrait cette pièce à conviction : Anthelme – Fanfan plus précisément – venait de représenter un bonhomme égorgé et baignant dans son sang. Le dessin, certes terrifiant, pouvait-il être considéré comme une preuve irréfutable ? Kolvair en doutait.

— Fanfan… continua Bianca.

Anthelme se redressa d'un coup d'un seul.

— Fanfan ? C'est comme ça qu'on m'appelait quand j'étais petit…

Anthelme était « redevenu » Anthelme. Avec ce garçon, admit Kolvair, il ne faut pas chercher la logique.

Septième partie

Une traînée de boue, une coulée de sang

48

Vénissieux, 12 février 1907

— Traînée ! vocifère l'homme en giflant sa femme.

Elle a le visage méchamment tuméfié, la lèvre supérieure enflée et un œil tellement gonflé qu'elle ne peut l'ouvrir.

Anthelme, recroquevillé dans le lit, est tétanisé. Il a six ans, fait semblant de dormir et répète dans sa tête cette jérémiade sans la comprendre. Sa mère serait une traînée de boue, une coulée de sang. Le mot est bien joli.

Son père suinte les effluves d'alcool. Il flanque sa mère par terre. Sa fureur et son énervement enflent. Ce soir, il en a après les pommes de terre. Il les trouve trop cuites. En réalité, Anthelme et sa mère ne parviennent jamais à savoir ce qu'il veut vraiment. C'est l'une des armes les plus tranchantes qu'il possède. Les attaques viennent toujours par surprise, les assauts au moment où la mère et le fils s'y attendent le moins. L'homme déploie tout son génie pour les maintenir dans un état d'incertitude et de tension permanentes.

Elle n'a d'autre choix que d'accepter ses brimades. Elle éprouve un sentiment de honte. Honte de se faire battre comme plâtre à la moindre occasion. Honte des yeux au beurre noir, des lèvres massacrées, des boursouflures et des bleus qui lui couvrent le corps, défigurent son existence. Elle veut se cacher, s'enfermer à double tour au creux de la geôle qu'il façonne pour elle. Il y a longtemps qu'elle a perdu l'espoir d'une amélioration. Il gouverne un foyer qui est une prison.

Brusquement, il lui attrape la tête et la cogne contre le sol.

— Tiens-toi tranquille, sac à foutre !

Cette fois-ci elle se recroqueville sur elle-même, protège sa tête avec ses mains dans l'attente des coups de pied. Il lève une jambe, cogne le flanc de sa femme qui a le souffle coupé. Il se baisse, la saisit par les cheveux et lui crache au visage avant de lui fracasser de nouveau la tête contre le mur. La cuisine est sens dessus dessous après l'agression. Le seul œil qu'elle parvient à garder ouvert ne lâche pas le couteau tombé par terre.

Il se fiche pas mal qu'elle porte les traces de ses coups. Personne ne s'en soucie, elle vit recluse et ne reçoit aucune visite.

— Espèce de saloperie !

La femme met quelques instants avant de comprendre que son mari s'en prend maintenant à Anthelme. Cet enfant représente tout pour elle, il est son seul réconfort. La mère attrape le couteau.

— Range tout ça sur-le-champ, vocifère-t-il à son fils tremblotant, avisant le foutoir qu'il vient lui-même d'organiser. Ou bien je te fais la peau !

Il n'en a pas le temps.

— Fanfan... Ferme les yeux et compte jusque quatre ! crie sa mère à Anthelme.

L'enfant serre les paupières. Sa mère est la seule à l'appeler « Fanfan ».

— Un, deux, trois...

Un silence sépulcral règne dans l'appartement.

Lorsqu'il rouvre les yeux, Anthelme voit une mare rouge, son père a le regard stupéfait, incapable de faire le moindre mouvement. Le sang gicle sur Anthelme, coule sur le sol.

L'enfant écarquille les yeux en regardant son père s'affaisser lentement en arrière puis s'écraser à terre, sa mère couper en mille morceaux le macchabée de leur terreur.

— C'est toi mon homme, murmure-t-elle à Anthelme quand tout est terminé.

L'enfant s'endort.

La fin d'un règne empêche rarement le suivant d'en répéter les soubresauts.

49

— Peut-être que ce protecteur est une figure fraternelle qui protégeait Anthelme des brimades de ses parents, avança Bianca Serraggio.

La psychiatre fulminait. Elle chercha une marque de soutien dans le regard du commissaire. Kolvair préféra l'ignorer, il visualisait la tête de Lucette Laclé posée sur la commode, la gorge taillée du lieutenant Bertail, d'Yves Laclé et du grand dadais, dont il avait définitivement oublié le nom.

— Ah oui ? riposta le docteur Paul Subbi, ami du procureur. Dans ce cas, pourquoi Anthelme parle de ce protecteur comme d'une entité indépendante, une personne à part entière ?

— Certains de mes patients, eux aussi victimes de mauvais traitements, ont la capacité de se dissocier.

— Comme s'ils étaient témoins d'une violence infligée à une autre personne ? relança, mine de rien, le commissaire Kolvair.

— Voilà, confirma la belle.

— Une seconde... coupa Subbi. Vous insinuez que ce protecteur qu'il a vu passer devant sa chambre avec une baïonnette n'était autre que lui-même...

— Pas Anthelme, précisa Bianca.

— Non, bien sûr, ironisa le procureur. Son protecteur ou une de ses personnalités... C'est ce que vous voulez dire ?

— Vous avez saisi, confirma Bianca.

— Son protecteur ! Pouvez-vous me dire comment son protecteur a planté une baïonnette, bien réelle celle-là, dans la gorge de trois personnes ? !

Kolvair détourna la tête. Il fallait qu'il sorte.

— Anthelme ne peut être considéré comme irresponsable, au sens psychiatrique et légal du terme, ajouta Subbi d'une voix sèche.

Le médecin venait de postillonner, Kolvair fixa le crachat brillant comme une lame.

— Faux ! riposta la spécialiste. Anthelme est malade. En plus d'être un danger pour les autres, il est dangereux pour lui-même ! Soixante pour cent des sujets schizophrènes se suicident.

Rocher ricana.

— Et les victimes ? martela-t-il. Vous y avez pensé ? Les familles réclament justice, au cas où vous l'ignoreriez !

Paul Subbi tenta de clore un débat qu'il jugeait spécieux.

— Je n'ai pour ma part trouvé aucun élément permettant d'affirmer qu'il était en état de démence au moment des faits, au sens de l'article 64 du Code pénal.

Atterrée, la psychiatre eut besoin d'un instant de réflexion avant de se souvenir :

— Où sont les vis ?

Le commissaire se racla la gorge et passa la main dans sa tignasse.

— Ces vis prouvent sa présence sur les lieux du crime, et non votre « ciseauphrénie », ironisa Subbi.

Kolvair haussa les épaules.

— Je viens d'ordonner une reconstitution, lança encore Rocher. Ainsi, ajouta-t-il, Anthelme et son cher doublon vont nous montrer comment ça s'est passé…

Les murs qui se montent en font toujours tomber d'autres, soupira in petto le commissaire.

50

— « Diabète » signifie « Je passe à travers », affirma non sans fierté Denis, le fils aîné des Salacan.

Dans la famille, parler grec était obligatoire. Justine était en train d'expliquer à ses enfants la maladie de leur frère Charles, lequel dormait dans sa chambre. Dès l'Antiquité, Grecs et Egyptiens avaient constaté que, chez certains souffrants, les urines traversaient sans retenue reins et vessie. Ne parvenant à expliquer cet obscur phénomène, ils l'avaient nommé « *diabêtês* ».

— Comme un fantôme à travers les murs ? s'intéressa Marie.

Agée de dix ans, Marie était le portrait féminin de son père. Heureusement, le duvet clairsemé qui ourlait sa lèvre supérieure n'avait rien d'une moustache. Justine Salacan caressa la joue de la fillette, chassant son inquiétude. Les enfants débattirent un long moment sur la maladie du sucre. Avec une spontanéité sans borne que seule l'enfance tolère, la fratrie Salacan fraya avec le lyrisme, décrétant que, solidaire de Charles, elle ne mangerait plus de bonbons.

Justine se laissa bercer par les promesses enfantines, réfléchissant à la nouvelle tournure qu'allait prendre l'organisation quotidienne et familiale. Elle s'en trouverait perturbée, le changement était majeur. Suzanne allait avoir du mal à comprendre que le rituel des gaufres saupoudrées serait désormais interdit à son frère. Sans sucre, la vie risquait de devenir fade.

Son instinct maternel agonit l'injustice de cette maladie. Qu'avait-elle fait au bon Dieu, qu'elle priait pourtant chaque matin et chaque soir, pour transmettre ces maladies à sa progéniture ? Suzanne d'abord, maintenant Charles. Quand cesserait cette généalogie du malheur ? A ce moment, Justine réalisa que Suzanne avait déserté le salon et se leva d'un bond.

Au contraire de ce que croyait l'épouse du professeur, Charles ne dormait plus. Dès sa sortie de l'hôpital, il avait réclamé à manger. Il voulait un dessert, Justine était parvenue à ne pas céder et à lui expliquer que ce n'était pas possible. Elle avait ajouté « pour l'instant », ne se sentant pas le courage d'annoncer le verdict cruel. A chaque jour suffisait sa peine. Lorsque Justine entra dans la chambre du garçon, elle le découvrit en train de terminer une gaufre que Suzanne, innocente, lui avait apportée. La déconfiture ne tarda pas.

— Bonjour, madame, annonça Charles en dévisageant sa mère.

Justine Salacan tressaillit. Elle avait beau savoir que les malades diabétiques pouvaient, en pleine crise, confondre l'ombre et la lumière, elle dut prendre sur elle. Heureusement, elle entendit la clé dans la serrure de la porte d'entrée, Hugo saurait quoi faire.

Le professeur injecta au garçon une bonne dose d'insuline de sa fabrication, expliqua à son épouse l'urgence, pour Charles, de rejoindre l'Amérique. Contrairement à ce que redoutait Salacan, sa femme n'émit aucune réserve :

— A partir du moment où tu pars avec lui, il n'a rien à craindre, murmura-t-elle.

Soudain, Justine poussa un petit cri.

— Le mariage de ton confrère...

Salacan ne parvint pas à réprimer un rire joyeux et vif. Leur fils cadet était entre la vie et la mort et Justine trouvait encore l'énergie de s'inquiéter des convenances. Chaque jour qui passait lui confirmait qu'il avait bien fait d'épouser cette femme et sa bonté.

— Denis te chaperonnera, suggéra Salacan.

Leur fils aîné serait ravi et Justine rassurée.

En guise d'acquiescement, cette dernière hocha une fois son délicat menton. Ensuite, le professeur tritura sa moustache, le prochain départ du *Paris* avait lieu dans quelques heures. A l'aune de la fastidieuse traversée qui les attendait, rejoindre Le Havre serait un jeu d'enfant.

51

Dans le salon de l'hôtel de ville de Lyon, le maire Edouard Herriot s'entretenait avec le procureur Pierre Rocher. Entre eux, un homme en redingote et haut-de-forme : visage dur, carré, marqué de rides, sourcils larges, Maurice Colrat, sous-secrétaire d'Etat à l'Intérieur.

Rocher, adepte de la morphologie crânienne, observa à la dérobée le front du Parisien : trop grand et déterminé, remarqua le procureur. Cela cache une intelligence brute, se rappela-t-il. Méfiance, conclut l'homme de loi en son château fort intérieur.

Etant donné la tournure politique que menaçait de prendre l'affaire du triple carnage de la maison d'Oullins, le ministère avait dépêché sur place l'homme de la situation : outre le fait de partager les mêmes préoccupations sociales, Maurice Colrat et Edouard Herriot s'appréciaient.

Herriot n'avait pas prévu que l'article 64 du Code pénal serait un barrage dans le pacifisme de leurs relations. Si l'irresponsabilité d'Anthelme Frachant était attestée, Colrat parlait d'un éventuel non-lieu. Le débat, selon Colrat, méritait d'être rehaussé. Le gouvernement souhaitait apporter son soutien et sa confiance aux expertises scientifiques, la hantise des hommes de loi, dans la sphère juridique. Une guerre de corporatismes, mais une guerre quand même. Il était question d'un futur institut de criminologie.

Rocher, se sachant en minorité, se garda d'intervenir. Il se tenait devant la statue d'Henri IV, pas certain que ce roi consensuel méritait un tel honneur. L'homme de loi se fit la promesse que le jour où il serait maire de Lyon, il érigerait une statue à son effigie et visualisa son portrait : à cheval en empereur romain.

— Et l'immense souffrance des victimes ? s'inquiéta le maire.

Le sous-secrétaire Colrat fixait l'impressionnante voûte en ellipse du plafond de l'atrium. Il savait qu'elle avait été conçue par Girard Desargues, ce mathématicien lyonnais fils de notaire et ami de Descartes. Réputé pour « travailler dans sa tête sans rien écrire », il fut l'un des fondateurs de la géométrie projective, qui le conduisit à l'architecture. De nombreux éléments de l'hôtel de ville de Lyon portaient la trace de son génie mathématique : l'escalier hélicoïdal à puits central ovale et l'escalier d'honneur suspendu mêlaient prouesses techniques et virtuosité.

— Le procureur n'est pas l'avocat des victimes mais l'avocat de la société, asséna Maurice Colrat.

Pierre Rocher écoutait d'une oreille distraite. Dans son collimateur, l'épopée qui n'allait plus tarder. Bientôt, Rocher livrerait son sermon.

Jamais, en ce qui le concernait, il ne prononcerait un non-lieu à l'encontre d'Anthelme Frachant. Le sous-secrétaire d'Etat enchaîna, comme s'il récitait une leçon :

— En aucun cas le non-lieu ne signifie « circulez, il n'y a rien à voir ».

Le maire de Lyon acquiesça. Le non-lieu ne signifiait pas l'effacement du crime mais bien l'absolution du criminel. Pour Rocher, la pilule n'en restait pas moins inconfortable à digérer.

— Anthelme a tué, le commissaire Kolvair et sa prestigieuse équipe n'ont aucun doute là-dessus, les preuves scientifiques sont irréfutables, concéda le sous-secrétaire Colrat.

La France portait aux nues ce laboratoire, Rocher eut beaucoup de mal à ne pas grimacer en entendant ces mots. Le procureur avait du mal à cultiver la maîtrise de soi qu'exigeait l'opportunisme.

— La seule question qui vaille concerne sa responsabilité, martela le sous-secrétaire d'Etat.

Il jeta sa cigarette, qu'il n'avait fumée qu'à moitié. Ce fut la seule manifestation de son agacement, mais cela suffit.

Il se tourna vers le procureur Rocher :

— Anthelme Frachant est-il oui ou non responsable ?

Rocher avait longuement étudié la question.

— Il est encore trop tôt pour se prononcer, monsieur, mentit l'homme de loi.

Colrat n'ignorait pas que la culture naturelle d'un procureur était de se diriger vers les assises. Il devinait que celui qui lui faisait face n'était pas le genre à accorder le bénéfice du doute. Colrat balaya les environs du regard.

— C'est une question philosophique, admit-il, très sérieux.

Comme pour leur épargner de devoir poursuivre cette discussion, Colrat se dirigea vers la sortie. Le maire de Lyon lui emboîta le pas. Rocher s'engouffra dans leur sillage.

— N'oublions pas, messieurs, que c'est la société qui nous importe, énonça Colrat.

Rocher s'abstint de tout commentaire : il attendait son heure avec impatience.

52

Longtemps en marge de la cité, les Terreaux devinrent au dix-septième siècle le siège du pouvoir municipal : les consuls de Lyon, à l'étroit dans les murs du quinzième siècle de l'hôtel de la Couronne, rue de la Poulaillerie, investirent le lieu. L'espace urbanisé par Vaïsse, contemporain d'Haussmann, resta longtemps une étendue de terre où le Moyen Age fixa la limite nord de la ville, matérialisée par des remparts. A la Renaissance, lorsque les fortifications furent repoussées plus au nord, l'espace remblayé accueillit les tireurs d'arbalète à l'entraînement. Plus tard, la place pavée fut le théâtre des exécutions capitales. C'est ici que, sur ordre de Richelieu, François-Auguste de Thou fut décapité. Magistrat et collectionneur, de Thou possédait le *Minuscule 601*, un manuscrit d'une partie du Nouveau Testament rédigé en grec ancien et datant du treizième siècle. Ce ne furent pas ses collections qui le condamnèrent : Richelieu ne lui pardonna pas de ne pas avoir dénoncé la conspiration du marquis de Cinq-Mars avec les Espagnols contre Louis XIII. Ce silence, compté pour crime de fait, valut à de Thou de perdre la tête à Lyon en même temps que le principal conspirateur, l'arrogant Henri Coiffier de Ruzé d'Effiat, marquis de Cinq-Mars, bourgade de Touraine.

De Thou et Cinq-Mars avaient planifié l'assassinat de Richelieu, la signature de paix avec l'Espagne ainsi qu'une restitution réciproque de territoires. Une correspondance secrète du marquis, interceptée par la police de Richelieu, provoqua sa déchéance. Trahis dans leur confiance, Louis XIII et son ministre le jugèrent sans pitié, ordonnant sa décapitation ainsi que celle de son complice de Thou. Les deux hommes perdirent la tête en 1642. Le 12 septembre, se rappela le procureur en frissonnant.

Une association de familles des victimes bloquait le passage : plusieurs centaines de personnes au total qui scandaient « Manipulation ! Manipulation ! », arguant que les tueurs étaient des citoyens à part entière et méritaient d'être jugés. Colrat assura qu'Anthelme Frachant serait puni pour son crime, dévia la conversation sur la rapidité et l'efficacité de l'enquête policière, félicita la citoyenneté des Lyonnais qui n'avaient pas cédé à la panique. Malin, il entama un discours sur la sécurité. Rocher resta à l'écart, les yeux rivés sur l'automobile du maire.

— Et l'article 64 ? demanda l'envoyé spécial du *Figaro.*

Le sous-secrétaire d'Etat à l'Intérieur Maurice Colrat afficha une mine grave de circonstance :

— A la justice de trancher, suggéra-t-il.

Les trois hommes se faufilaient tant bien que mal dans la foule, Rocher sentit la moiteur de ses mains.

— Droit à l'avortement ! Droit à l'avortement ! clamèrent soudain une cinquantaine de femmes, aux abords de la place.

Elles agitaient une banderole barrée en lettres capitales du même slogan et un drapeau noir, accusant la politique de natalité imposée par le gouvernement français. Ces femmes voulaient disposer de leur corps. Et pourquoi pas, ricana le procureur en son for intérieur, d'un compte en banque et du droit de vote ?

— Récupération ! hua le chef de file des associations de familles des victimes.

Le ton monta entre les manifestants pacifistes venus afficher leur solidarité aux victimes du carnage d'Oullins d'une part et les revendications trop politiques des anarchistes. Le raffut attira bien sûr les journalistes, lesquels délaissèrent le maire et Colrat. Comme s'il s'agissait d'une chorégraphie répétée de longue date, un provocateur tendit un tract au sous-secrétaire d'Etat à l'Intérieur, qui ne le prit pas. Colrat et Herriot, habitués des bains de foule, gardaient le sourire.

Rocher repéra sur la droite l'inspecteur Julien Legone, toujours aussi peu reconnaissable dans son déguisement de rebelle et avec sa gueule rafistolée. L'inspecteur, d'habitude tiré à quatre épingles dans un costume et des souliers assortis, portait une chemise ample, un pantalon bouffant, un foulard rouge et une casquette en laine. Lorsque le policier ajusta sa casquette, Rocher reconnut le signal convenu.

— Baissez-vous ! cria le procureur, se jetant sur le sous-secrétaire d'Etat.

Un bruit sec de balle retentit. Rocher attrapa Colrat et se mit à couvert avec lui derrière la voiture pendant qu'Herriot revenait en rampant. La place résonnait de cris, une voix de femme s'éleva – « Il nous canarde en plein jour ! » – puis une seconde déflagration figea la consternation et ce fut le silence. Comprenant qu'il avait raté sa cible, le tireur embusqué profita des quelques secondes de sidération pour déguerpir. Legone le laissa filer. Pour cueillir un fruit pourri, il suffisait de se placer sous le bon arbre.

— Je dois la vie au procureur, déclara sans perdre une seconde à la presse le sous-secrétaire d'Etat à l'Intérieur en tendant une main chaleureuse à Pierre Rocher.

Un flash crépita, réactif. Le plan de l'inspecteur Legone fonctionnait comme sur des roulettes, ce micro-événement propulsait le procureur sur le devant de la scène. Remarquable, admit-il en lui-même. Colrat décolla un brin de tabac de sa langue et le jeta d'une pichenette.

— Messieurs, la séance continue ! annonça-t-il alors.

Herriot reconnut la formule empruntée à Sadi Carnot venant d'échapper à un attentat. Il sourit, ils avaient raison d'être courageux, de croire à leur combat plus qu'à tout.

— Trois innocents ont été sauvagement assassinés, relativisa Colrat. C'est à eux que nous devons penser.

Il soutint le regard du procureur malgré la fumée qui s'élevait devant lui. Rocher ressentit un profond malaise, peu habitué à se trouver face au souffle d'un idéal.

Huitième partie

Ça finit toujours mal

53

L'inspecteur Julien Legone avait fini par comprendre que la flamme ravivée par le décès de Pierre Kropotkine, en février, n'était qu'un feu de paille à bout de souffle. En 1883, Lyon avait eu l'honneur d'arrêter le célèbre théoricien anarcho-communiste, venu soutenir les grèves sanglantes de ses camarades canuts. Il avait alors enfanté pas mal d'adeptes.

Des sentinelles perdues, ricana l'inspecteur des Brigades du Tigre en lui-même. L'ancienne capitale des Trois Gaules tissait, outre la soie, des liens étroits avec l'anarchisme.

— Si on n'avait pas les bourgeois, à qui on piquerait l'oseille ? s'amusa le policier.

Il mâchouillait une allumette, les mains dans les poches de son pantalon, un pied appuyé au mur derrière lui. Legone croyait aux rapports dominant/dominé : la vie lui avait prouvé qu'il y avait deux sortes de gens, ceux qui tenaient le revolver et les autres. Il avait choisi son camp.

A ses côtés, le frère de Blandine, Romain, s'entraînait à lancer la copie conforme du poignard espagnol utilisé par l'anarchiste Caserio le 24 juin 1894 à Lyon, lors de l'assassinat du président de la République Sadi Carnot. De fines damasquinures et deux inscriptions bariolaient la lame d'au moins seize centimètres sur l'une et l'autre face : « Recuerdo » et « Toledo ». Souvenir de Tolède, sous le soleil de laquelle Romain ambitionnait de finir ses jours. Les orphelins, c'était bien connu, cherchaient la moindre occasion d'honorer leur père, aussi spirituel fût-il.

— Si c'était moi qui m'en étais chargé... enragea entre ses dents le jeune rebelle en visant la cible dessinée sur la paroi du mur adverse.

Romain faisait allusion à l'attentat auquel Colrat avait échappé.

— Je ne l'aurais pas loupé, crois-moi, ajouta-t-il.

Ce gosse à la révolte viscérale est un tireur d'élite, admit Legone en regardant la pointe atteindre le cœur de la cible. L'inspecteur eut bien envie d'allumer une cigarette mais, se souvenant qu'il limitait sa consommation, n'en fit rien. Il mordilla le petit bâton de buis, songeant, satisfait, à la réussite de sa mise en scène. Romain en personne n'y voyait que du feu, confirmant à Legone la suprématie de son talent. Dans l'art du factice, le policier parodiait les meilleurs spécialistes. Il finirait par voler la vedette aux frères Lumière, il s'en convainquait chaque jour que Dieu faisait.

S'il avait décliné la proposition du procureur Rocher de rejoindre Paris, ce n'était bien évidemment pas pour sa vieille mère. Une brave femme, cette Mme Legone, aveuglée par l'amour qu'elle portait à son seul fils rescapé au point de ne pas remarquer que Legone n'était pas Julien.

Le policier ne souhaitait pas vivre à la capitale : s'y résoudre équivaudrait à s'éloigner de son studio de cinéma, rien de moins envisageable. La dissolution prochaine des Brigades mobiles, leur restructuration, intimait pourtant à Legone de virer de cadre.

Quoi de plus malin que de s'incruster dans l'équipe du commissaire Kolvair, à l'abri des soupçons ? Le bonhomme était solitaire, il ne rechignait pas à la tâche : Legone pourrait s'absenter sans que ça pose aucun problème à ce commissaire obsédé par la vérité. L'inspecteur, adepte des mensonges, pourrait multiplier la cadence des tournages.

« Toujours plus » était sa devise. Legone aimait flamber, tout cela coûtait cher : pas question de renoncer à sa paye d'inspecteur, encore moins aux avantages de ce noble métier, un des rares à autoriser le port d'arme. Alors, en plus d'être réalisateur, il endossait le métier de producteur, exploitant toutes les combines. Profiter du système n'était pas chez Legone un nœud très gordien.

— A vaincre sans effort, on triomphe sans gloire.

Comme le policier s'y attendait, Romain fronça les sourcils. Cinéphile averti, Legone se le figura acteur dans un film en noir et blanc. Une histoire qui finirait mal, ricana l'inspecteur en lui-même.

— De quoi parles-tu, camarade ?

Romain avait les joues rouges et gercées, son nez coulait.

Deux mois que le policier des Brigades du Tigre se coltinait son masque embellisseur. Le latex collait à sa peau brûlée, Legone eut soudain hâte de retrouver sa gueule en cratère.

Deux mois surtout que l'inspecteur avait suspendu sa lucrative activité de cinéaste. Il devenait urgent de reprendre les manettes : les commandes de films affluaient, pour les honorer le policier réalisateur avait formé un remplaçant dont la lenteur et les points de vue manquaient de subtilité. Certains clients se plaignaient, menaçaient de s'adresser à la concurrence, la situation devenait critique et il était temps de mettre un point final à cette parenthèse trop longue.

Legone jeta un coup d'œil de verre à son « camarade » Romain. Ce jeune idéaliste ambitionnait de changer la société. Legone se contentait de l'exploiter.

Ce dernier lança une nouvelle fois la lame. Il est grand temps d'en finir, convint Legone. Profitant de ce que l'anarchiste lui tournait le dos, le policier cinéaste sortit les mains de ses poches : dans l'une d'elles, il serrait un pistolet dont la crosse en ivoire était aussi petite que maniable. Mine de rien, il la glissa derrière son dos. Il décida de faire durer le plaisir, déterminé à ne pas tirer tout de suite. Romain devrait se coltiner une dernière fois la face rongée du policier, ultime arrêt sur image avant le générique de fin. Le Lyonnais aux allures d'Almareyda n'eut pas le temps de comprendre, tout juste visualisa-t-il l'arme et le sourire de traviole que Legone arbora en appuyant sur la détente. La déflagration projeta Romain en arrière. Touché au bas-ventre, il pissait le sang et lâcha sa lame.

— Maman... gémit l'orphelin qui n'avait aucun souvenir de la sienne, morte en couches.

Legone pouffa de rire en s'approchant de l'homme à terre. Il pointa le flingue sur la tempe, remarqua que Romain avait également pissé dans son froc.

— Je croyais que les révolutionnaires ne faisaient pas dans leur culotte, persifla le policier avec une cruauté sans pareille.

Romain serra les dents, appuyant sur son ventre afin d'endiguer l'hémorragie. Legone en profita pour retirer son masque. Découvrant le vrai visage de celui qu'il avait pris pour un « camarade », Romain comprit qu'il s'était fait berner par l'inspecteur Legone.

— Fils de p... tenta de prononcer l'anarchiste.

— La vie, c'est comme un film, expliqua Legone. Les déchets, les chutes, les dommages collatéraux...

Il cracha par terre, la morve frôla le visage de Romain.

— ... je les supprime au montage.

Il se sentait un acteur en coulisses échappant de peu à la scène finale. Au contraire de certains nostalgiques de l'arme blanche, Legone avait foi en la poudre.

— Sais-tu que personne ne réclame les pourritures de ton espèce ?

Il arma le chien du pistolet, jugeant que c'était la meilleure réplique pour sortir de scène.

Plus tard, il imprima les empreintes du jeune anarchiste sur l'arme qui avait servi à tirer sur le sous-secrétaire d'Etat à l'Intérieur. Le procureur, ironique, avait exigé de Legone une « preuve scientifique » attestant l'éradication ferme et définitive de l'odieux trafic érotico-décadent qui avait bafoué sa fille.

En échangeant, dans le registre du fichage, les photos d'identité de Renoux avec celles de Romain, le policier avait assuré ses arrières autant que ses avants.

— C'est avec la merde qu'on fait le bon fumier, ricana l'inspecteur en se débarrassant du cadavre dans un dépotoir.

Legone alluma une cigarette et profita de la lumière de la flamme pour observer la ville.

A force d'étudier, grâce à une armée d'espions, les habitudes de ses adversaires avant de fondre sur eux par des voies imprévues, il ressemblait de plus en plus à Hannibal Barca : trop concentré à vaincre, ce Carthaginois entré dans la légende ne prenait jamais le temps de savourer ses victoires. Souvent, concéda Legone en envoyant son mégot dans le caniveau, les racines du mal se nourrissaient des mêmes bonnes intentions que celles du bien.

54

« Affaire Anthelme : face à l'indignation des victimes, la psychiatre Bianca Serraggio explique son rapport d'expertise. L'article 64 du Code pénal en joue. »

Les derniers clients commentaient la photographie de la scientifique. Leurs sous-entendus grossiers exaspérèrent la restauratrice. Une fois parvenue à leur faire débarrasser le plancher, Blandine n'offrit aucune tournée et ferma.

L'article tant décrié stipulait : « Il n'y a ni crime ni délit si l'inculpé était en état de démence au temps de l'action, ou a agi sous l'empire d'une force à laquelle il n'a pu résister. » L'aliéniste Bianca Serraggio confirmait son diagnostic. Le problème résidait dans le fait que le docteur Paul Subbi lui opposait publiquement le sien, assurant la responsabilité d'Anthelme. Pour lui, ce dernier n'était pas en état de démence et n'avait agi sous aucune emprise.

Blandine ne savait quoi penser. Elle passa sa main sur sa gorge, frissonnant. Une des victimes, l'épouse Laclé, avait été salement décapitée. Les victimes n'existaient pas dans le rapport des deux experts. Tous les yeux étaient tournés vers Anthelme Frachant. Blandine, aux premières loges des confidences de Jacques Durieux, avait appris que le coupable déroutait le procureur. Au lieu de crier son innocence, Anthelme expliquait avec un calme olympien en effet des plus intrigants que, s'il était le coupable de ce carnage, il méritait la peine de mort. En tout cas la prison, et non l'hôpital psychiatrique.

L'aliéniste Bianca Serraggio, quant à elle, assurait que cette déclaration avalisait la schizophrénie d'Anthelme : être dans le déni de sa maladie était le propre de cette pathologie.

C'est sur cela qu'il compte justement ! rétorquaient les familles des victimes.

Le serpent se mordait la queue, admit Blandine.

Le triple crime de la région de Lyon résonnait avec le procès en cours à Versailles : l'article 64 concernait aussi le Barbe-Bleue de Gambais. Blandine s'installa confortablement : « Procès Landru : La parole est aux experts scientifiques. »

Le reporter Armand Letoureur enchaînait sur le rapport des médecins :

Les docteurs Vallon, Roques de Fursac et Roubinovitch, médecins experts qui ont examiné Landru, déclarent que l'accusé est parfaitement sain, qu'il a une mémoire très nette et qu'il doit être considéré comme responsable de ses actes.

Landru en personne s'offrait le luxe de jouer avec l'esprit de l'article du Code pénal, déclarant : « Je n'ai aucune remarque à faire, si ce n'est remercier messieurs les experts qui ont bien voulu m'examiner et reconnaître que j'étais sain d'esprit. Il est évident que pour commettre ces crimes abominables, monstrueux même, il aurait fallu que je sois fou ! »

Blandine découpa l'article. Elle collectionnait les faits divers les plus éloquents. Peu de criminels possédaient le panache nécessaire à la légende. Ce Landru ne manquait pas de toupet.

Blandine savait grâce aux confidences de son jeune amant scientifique qu'Edmond Locard, ce policier de l'écriture, avait la charge de prouver que l'auteur des lettres anonymes était une certaine Angèle Laval. Il comptait fatiguer la suspecte principale avec une dictée de plusieurs heures.

La mauvaise réputation de l'expertise en écriture auprès du public résultait alors en France des erreurs commises dans des procès retentissants, notamment celui de Dreyfus. Avec cette affaire de Tulle, Locard comptait rendre ses lettres de noblesse à l'analyse graphologique. Le premier, il investissait l'écrit comme un espace criminel. Ce policier de l'écriture accordait au quotidien lyonnais une longue interview. Par Durieux, Blandine savait que Locard, dans la plus grande discrétion, peaufinait ses techniques avec l'aide du laboratoire de police.

Le changement qui s'opérait en elle prenait l'allure d'un mouvement perpétuel. Elle en principe frivole et de marbre face à la vie de ses amants devenait attentive aux préoccupations de Jacques Durieux. Celui-ci n'était-il pas un apprenti expert ? Grâce à lui, elle serait une des premières à apprendre si Angèle Laval était bien l'Œil de Tigre.

Etait-ce une raison pour ne pas respecter la promesse qu'elle s'était faite enfant ? Pour ne pas risquer de reproduire sa tragique destinée, elle se devait de ne pas flancher. Jamais elle ne serait mère.

Blandine en était là de ses réflexions lorsque l'alpiniste entra. Immédiatement, elle comprit à ses cernes qu'une bougie avait été soufflée. Il lui expliqua d'une voix atone que l'inspecteur Julien Legone avait infiltré le groupuscule anarchiste instigateur de l'attentat visant Colrat. Selon le policier, Romain en était le meneur, il avait dû l'abattre lors de l'assaut fatal.

Blandine manqua s'évanouir, Durieux la prit dans ses bras, elle ne se dégagea pas et laissa l'alpiniste la réconforter. Maladroit, il la couvrit de baisers.

Elle sentit la main chaude de son amant se poser sur son épaule, ne se déroba pas. Avec la disparition de ce frère turbulent et rebelle, son passé foutait le camp.

— Les empreintes de ton frère ont été identifiées sur l'arme qui a servi à viser Colrat, affirma Jacques Durieux d'une voix aussi douce que possible. C'est moi qui ai été en charge de leur analyse.

A dire vrai, la jeune femme mesurait chaque jour qui passait que son jeune amant, étudiant scientifique passionné comme elle de sommets et glaciers, était peut-être bien ce qui lui était arrivé de meilleur depuis bien longtemps.

Blandine sentit ses larmes se tarir et éprouva une soudaine légèreté qui la dérouta.

Alors, elle se blottit contre Jacques puis caressa d'un geste sans équivoque la rondeur en devenir de son ventre encore creux, se rappelant la recommandation de Voltaire : décider d'être heureux était bon pour la santé.

55

Edmond Locard, taille moyenne, yeux vifs et tempes grisonnantes, portait un gilet marron croisé à deux boutons qui laissait deviner le col de sa chemise blanche et un tout petit bout de cravate beige clair, assortie aux guêtres qui recouvraient des souliers gris et pointus.

— « Nini est aussi voleuse que sa mère et tandis que la mère vole, *virgule*, la fille amuse par son badinage le commerçant… »

Avant d'annoncer officiellement sa nouvelle invention, le graphoscope, Edmond Locard récoltait quelques échantillons d'écriture. Grâce à eux, il procéderait aux dernières vérifications de son innovante méthode d'analyse graphologique. L'affaire de Tulle était un enjeu important pour sa carrière, Locard négociait le virage. Et pas uniquement. Le cabinet privé d'expertises qu'il avait fondé commençait à rapporter. Sa méthode graphométrique portait la connaissance de la trace écrite à un degré de précision inégalé grâce à l'emploi combiné de deux instruments optiques : le microscope et l'appareil photographique.

Le commissaire Kolvair, l'inspecteur Julien Legone, le légiste Damien Badou, Jacques Durieux et Bianca Serraggio avaient accepté de se prêter au jeu de la dictée. Seule Ombeline Bonnemaison avait au dernier moment décliné, alléguant un empêchement. Le commissaire observa Bianca écrire de sa main gauche et penchée.

— « Sales dévotes. *Point.* Diables de bénitier, dicta Locard. *Point.* »

Afin de rendre le moment divertissant, Locard avait sélectionné quelques morceaux choisis des cent dix lettres anonymes de Tulle, pièces à conviction dans le dossier.

— « Moi l'Œil de Tigre, *virgule*, je dis qu'on ne fréquente pas la fille d'une putain et d'une voleuse... »

Durieux chronométra l'exercice : cinquante-deux minutes. Kolvair avait noirci six feuilles qu'il relut avant de les faire glisser au centre de la table. Legone l'imita. En remarquant l'écriture de l'inspecteur, le commissaire ressentit une décharge électrique dans sa jambe fictive, comme si son corps prenait soin de l'alarmer d'une anomalie. Il s'appuya sur sa canne, réalisant soudain que l'écriture sur la copie de Legone ne correspondait en aucun cas à celle qu'il connaissait de son collègue. Avant la guerre, Kolvair et Legone avaient collaboré à plusieurs occasions. Locard ne clamait-il pas qu'il n'y avait pas plus infaillible que l'écriture pour identifier une personne ? Même maquillée, elle ne mentait pas. Kolvair ne prétendait pas être un expert de l'analyse graphologique. Cependant, professionnel, il se tenait informé de l'évolution des outils susceptibles de favoriser les enquêtes criminelles et en maîtrisait les rudiments : plus le souvenir de l'écriture de Legone, avant la guerre, remontait à la surface de sa mémoire, moins le commissaire y trouvait de points communs avec celle tracée par ce Legone sous la dictée d'Edmond Locard. Puis le légiste déposa à son tour sa copie sur la pile, couvrant l'exemplaire qui laissait perplexe le commissaire. Enfonçant son borsalino, Kolvair, mine de rien, observa Legone à la dérobée. Ce n'était pas la première fois qu'il ressentait un malaise en présence de l'inspecteur. A chaque fois, il relativisait, accusant la guerre et ses métamorphoses. Kolvair se souvint que Néron le premier avait grogné en voyant Legone, à son retour de Verdun. Avant 14, le labrador jouait pourtant volontiers avec l'inspecteur des Brigades mobiles.

— L'expertise de documents écrits est sans aucun doute la partie la plus difficile de la technique policière, lança Edmond Locard en numérotant les copies qu'il venait de ramasser.

En observant l'expert, le commissaire Kolvair lista dans son carnet quelques adjectifs : besogneux, systématique, extrêmement organisé, méthodique, conscient de son image, soucieux de sa réputation. Kolvair ajouta « séducteur » en le voyant dévorer des yeux la silhouette de Bianca. Le policier n'ignorait pas que l'homme marié entretenait une liaison avec sa jeune assistante. Si c'était un secret, il était de Polichinelle.

Auréolé de sa piteuse victoire sur le Lyon anarchiste, l'inspecteur proposa des cigares. Il tendit la boîte à Durieux, lequel refusa. Le futur père avait à faire. Damien Badou accepta. Il hésitait à soumettre à Edmond Locard la lettre anonyme que Margot avait reçue. Il n'avait confiance en personne. Quelqu'un à Lyon imitait l'Œil de Tigre, le légiste finirait par le démasquer. Legone passa devant la belle aliéniste, l'ignorant avec un soin qui frôlait l'irrévérence, pour s'adresser directement à Edmond Locard. Bianca, amusée, rassembla ses affaires.

— Vous faites bien, je préfère la pipe, ajouta-t-elle en quittant les lieux.

Locard, bluffé, la regarda disparaître en humidifiant son cigare dans un geste plein de sous-entendus. Kolvair en profita pour sortir à la suite de la psychiatre. Badou resta, savourant le tabac épicé tel un calumet. Demain, il serait marié. Il rêva d'une dernière culbute.

56

Hugo Salacan borda son fils Charles. Les draps sentaient le jasmin et le professeur eut du mal à ne pas penser à son épouse. Elle qui aimait tant l'art aurait mérité de voir ce paquebot. Les grands noms de l'architecture et de la décoration avaient aristocratisé le transatlantique : Albert Besnard, Georges Leroux, Adrien Karbowsky, Lalique et même Louis Süe. Le grand escalier était grandiose, la cabine de première classe, décorée Art nouveau, offrait un téléphone. Des sabords carrés remplaçaient les hublots circulaires. Salacan ne put s'empêcher de repenser au *Titanic* : le professeur, à la dernière minute, avait annulé son voyage. Un contretemps qui l'avait à l'époque contrarié mais qui s'était finalement révélé une bénédiction. A bien y réfléchir, si le scientifique lyonnais ne raffolait pas des longues traversées maritimes, sa véritable phobie était aérienne. Assuré que son fiston dormait, il sortit.

Il arpenta le pont, le vent glacé le dissuada rapidement de prolonger sa promenade. Il s'engouffra dans la timonerie, sentit la puissance des turbines à vapeur, des Parson, savait-il. Le commandant annonça que la vitesse de croisière de vingt et un nœuds serait atteinte dans quelques minutes, Salacan réfléchit à la précipitation des événements de ces derniers jours. L'interprétation n'étant pas son domaine, il gagna la luxueuse bibliothèque et décida d'occuper le temps à potasser ses notes sur le pancréas. L'insuline qu'il avait pris l'initiative de fabriquer le tourmentait. Il craignait que Charles n'y réagisse pas aussi positivement qu'il l'espérait. La conclusion était mathématique : trois heures après sa dernière injection, le taux de glucose plafonnait encore à deux cents milligrammes. Il soupira. Dans quelques jours, l'enfant serait pris en main par les docteurs Bainting, Best et Mac Leod. Salacan devait se féliciter de sa réactivité.

Soudain décidé à se changer les idées, il s'empara de son manuscrit. Le récit manquait encore de tension, son éditeur lui avait suggéré d'explorer plus avant le décor.

Explorer le décor, répéta en lui-même Salacan, qui ne voyait décidément pas ce qu'insinuait son conseiller littéraire.

A la demande de ce dernier, Salacan avait placé son intrigue dans une maison close.

Professionnel et sur les conseils de son épouse, il s'était rendu chez Lili, avait apprécié le luxueux lupanar de Lyon qui méritait sa réputation : Lili ne forçait à aucune consommation et l'endroit était des plus agréables. Cependant, le professeur lyonnais, accaparé par des expériences plus scientifiques dans son laboratoire, n'y était jamais retourné et sans doute le manuscrit en pâtissait-il. Salacan était resté évasif sur les descriptions de certains salons privés qu'il n'avait pas pénétrés.

— Le lecteur reste sur sa faim, avait confirmé l'éditeur.

Ensuite, il avait offert à Salacan une édition en cuir des *Onze Mille Verges*. Le livre, paru avant-guerre, avait été un scandale, Salacan ne l'avait pas lu.

— Tamisez la lumière si ça peut vous aider, mais il faut que vous restiez dans le salon avec vos personnages... Du sensuel et de l'érotisme, des sexes en érection et des chattes écartées, du croustillant en somme : voilà ce que nous allons offrir au lecteur.

Salacan feuilleta l'ouvrage d'Apollinaire, éprouvant un mélange de pudeur et de gêne. Il était seul dans cette grandiose bibliothèque du plus luxueux transatlantique français mais, pour se donner une contenance, il referma le livre. Il se souvint de la dernière recommandation assénée, avec un sérieux exemplaire, par son éditeur : « Ecrivez-moi le dernier orgasme de la meurtrière avec sa future victime. Je l'imagine annonciateur du crime. » Salacan fronça les sourcils en jetant les premiers mots sur son cahier : « *La duchesse ferma sur lui la lourde porte du salon de frotti-frotta.* » Il n'eut pas le temps d'en écrire plus, un groupe de joyeux Américains fit irruption.

La moitié des passagers étaient de riches New-Yorkais qui profitaient du trajet pour s'abreuver d'alcool, prohibé dans leur cher pays.

Les huit qui avaient surgi étaient en effet ivres, ils riaient aux éclats, chantonnant comme ils pouvaient *La Marseillaise*. Ils eurent besoin de plusieurs secondes pour réaliser qu'ils se trouvaient à l'intérieur de la bibliothèque. Respectueux du silence que le lieu inspirait, ils se turent de concert, Salacan sourit. Une envie de calme l'envahit.

Il flâna jusqu'à sa cabine, songeant à son confrère entomologiste américain Kenneth King, qu'il n'avait même pas eu le temps de saluer. Quant à Craig, Salacan aurait été bien incapable de le décrire tant son souvenir était vague. Une autre fois, soupira-t-il en son for intérieur. Tout était allé si vite, il s'était passé tant de choses, se dit-il en entrant dans la première classe. Justine avait insisté afin qu'ils voyagent dans les meilleures conditions possibles, pour Charles.

Une odeur fétide assaillit le professeur Salacan.

Salacan trouva à tâtons l'interrupteur, se précipita : Charles avait vomi mais dormait toujours. La lumière, joliment tamisée par un abat-jour en forme de pétales protecteurs, ne réveilla pas l'enfant.

Le professeur le remua doucement. L'enfant n'eut aucune réaction.

Il fallut plusieurs minutes au professeur pour se rendre compte que son fils avait sombré dans le coma, aspiré par le vide.

57

Avant de rejoindre l'équipe du commissaire Kolvair comme il l'ambitionnait, l'inspecteur des Brigades Mobiles comptait s'offrir un voyage exotique. Ramener des îles une petite autochtone docile et chaude comme le sable inspirerait, c'est certain, la photogénie de son œuvre fictive. Dans cette attente, l'inspecteur Legone avait retrouvé son studio pornographique.

L'acteur qui aurait dû donner la réplique à la jeune actrice avait eu un empêchement. C'était ainsi que Julien Legone se retrouvait, aujourd'hui, en train de faire l'amour devant sa caméra. Cela lui était déjà arrivé par le passé, et il n'y avait trouvé aucun inconvénient, bien au contraire : sa participation décuplait son plaisir de metteur en scène.

La fille était chaude et brutale, il résista pour que, dans l'excitation, elle ne lui retirât pas le masque qui dissimulait son visage en cratère. La belle rousse en redemandait. Legone laissa filer la bobine lorsque les bougies, consumées, se furent éteintes et que le noir régnait.

Legone la prit plusieurs fois puis, repu de sexe et envahi par une profonde envie de solitude, il alluma une cigarette. Le bout rouge brillait comme une tache de sang, il fallait que cette greluche s'en aille.

Sans complexe, l'inspecteur des Brigades du Tigre tapota les fesses de la jeune fille en lui demandant de quitter les lieux.

— Ouais, je pars, mais d'abord tu me payes, déclara-t-elle en se rhabillant.

Il lui tendit deux billets, la fille les accepta mais resta la main tendue.

— On avait dit quarante...

Les revendications du petit salariat exaspéraient Legone, de plus en plus d'acteurs exigeaient une augmentation.

Défiguré par un éclat d'obus, l'ambitieux policier avait su transformer ce drame en farce et attrape. De toute façon, il n'avait pas perdu grand-chose, juste une gueule fracassée depuis l'enfance par un père à la main trop leste. Grâce à la guerre, il avait réinventé son passé, métamorphosé son présent et transformé son avenir.

Or, pour se faire plus de marge, il avait jusque-là tenu bon, refusant de partager avec son personnel la rançon d'un travail commun.

L'inspecteur sortit deux autres billets de sa poche puis les posa dans la paume toujours tendue de la jeune fille. Le moment était venu de lâcher du lest.

— Et maintenant, dégage.

Enfin seul, il retira son masque et alluma la lumière. La bobine allait, il n'en doutait pas, livrer un chef-d'œuvre de bestialité ingénue.

58

Si avec sa mère la tension restait vive et palpable, presque à son comble, le légiste était aux petits soins avec ses invités.

Cette pimbêche me l'a changé, répétait la veuve en son for intérieur.

La mère de Damien Badou n'avait pas dérogé à sa tenue vestimentaire, quasi réglementaire : elle était veuve avant tout, de toute manière ce mariage était un ersatz, le premier acte de son enterrement. Son fils l'avait congédiée, elle à qui personne n'avait jamais tenu tête ne supportait pas cet affront. Elle cherchait le moyen de gâcher la fête. En sortant de l'église, le destin s'en chargea : elle glissa sur une plaque de verglas, se tordit la cheville, ce qui lui permit d'échapper aux félicitations.

A l'Aquarium, les bulles coulèrent à flots. Avec la neige qui était tombée pendant la nuit, le décor était féerique. Le commissaire Victor Kolvair sentit dans sa poche la bague qu'après le vin d'honneur il offrirait à la belle Bianca : demander en mariage l'aliéniste le jour de celui de Damien Badou lui était apparu comme une évidence. La psychiatre s'entretenait avec Craig Copper au sujet des romantiques, leurs voix berçaient le policier. L'Américain s'éloigna vers le buffet, il n'avait pas vu autant de champagne depuis longtemps.

— Tout cela me laisse sceptique… glissa soudain Bianca à l'oreille de Kolvair.

Il ne comprit pas son insinuation et fronça les sourcils.

— Comment cela, sceptique ? s'enquit-il.

— Cette idée de mariage, d'aliénation du couple… C'est plus fort que moi, je n'y crois pas.

Kolvair s'efforça de ne montrer aucune réaction.

— Ça finit toujours mal, le crucifia la psychiatre.

C'était la seconde fois en quelques jours que le policier entendait Bianca prononcer cette sentence définitive. Jamais deux sans trois, se dit-il, pessimiste. Difficile de déterminer si ce discours n'était que de l'esbroufe ou s'il présageait une déception sinistre. Cette sincérité brutale le décontenançait.

— Ça ne risque pas de nous arriver, ajouta-t-elle, apparemment ravie de cette conclusion.

Il déglutit, serrant la bague qu'il ne passerait pas de sitôt au doigt de la belle, repoussant à plus tard l'ambitieuse promesse de la faire changer d'avis.

Damien Badou balaya du regard l'amoncellement de cadeaux.

Indécent, admit-il en allumant un cigare.

La mariée n'ayant pas tenu à la présence de sa famille, en l'absence de son père elle ouvrit le bal avec Armand Letoureur, témoin volontaire de cette farce ordinaire. Badou éprouva une certaine ivresse à les regarder danser, fantasmant soudain sur une partie de jambes à trois. Une nuit de noces digne de ce nom.

Amusé par cette idée, il lut quelques cartes de félicitations. Il estima qu'il n'avait aucun regret à avoir tant la banalité des bons vœux redondait, il n'y avait pas tant de mots que cela pour souhaiter bonheur et harmonie.

Sans bien savoir pourquoi, son regard s'attarda sur une écriture penchée et épaisse. La phrase sortait tout droit d'un mauvais conte de fées et sa naïveté fit sourire Badou : « Ils vécurent heureux et eurent beaucoup d'enfants. Je vous en souhaite autant. Ombeline Bonnemaison. » Le légiste se remémora le contrat passé avec Margot, deux enfants au programme. Le légiste réalisa qu'il ne s'était jusqu'à présent jamais projeté dans un rôle paternel. Comment parlerait-il de son métier à sa progéniture ? A partir de quand la mort entrerait-elle dans leur vie ?

Badou en était là de ses réflexions lorsqu'un fracas le fit se retourner : Justine Salacan venait de s'évanouir et, dans sa chute, avait entraîné une table. Badou ne fut pas le seul à se précipiter, Margot cessa immédiatement son charleston endiablé. Letoureur, toujours à l'affût d'un potin, la talonna.

Bianca tapotait les joues de Justine, toujours sans connaissance. Kolvair remarqua, dans la main de Mme Salacan, un télégramme. Sans aucun doute à l'origine de son malaise, conclut Kolvair qui avait bien du mal à se départir de sa manie déductive. Comme s'il s'agissait d'une pièce à conviction, le policier se pencha et récupéra le papier.

Quatre mots hurlaient : « Charles décédé cette nuit ».

Sous le choc, le commissaire s'appuya sur sa canne. Il se figura la solitude de son collègue, en pleine mer avec la dépouille de son enfant.

— Que se passe-t-il ? s'enquit soudain Ombeline Bonnemaison, arrachant le télégramme des mains du commissaire.

Damien Badou fut pris d'un vertige. Il ne quittait pas des yeux l'assistante du professeur. Tourmentée, elle consolait comme elle pouvait le fils aîné des Salacan. Le légiste venait de réaliser pourquoi les vœux de la vieille fille en devenir avaient tout à l'heure alerté son regard. L'écriture. Elle correspondait à celle des lettres de chantage. Badou sentit son cou perler de sueur. Ce mariage était le bon choix : la pieuse Ombeline côtoyait certains cercles extrémistes lyonnais, Badou le savait par sa chère mère, qui en animait plus d'un.

Se souvenant que l'assistante Ombeline Bonnemaison avait au dernier moment échappé à la dictée d'Edmond Locard, le légiste comprit soudain que son empêchement était peut-être bien un alibi monté de toutes pièces.

59

Dans l'attente de la reconstitution du triple carnage dans la maison d'Oullins, la psychiatre Bianca Serraggio avait obtenu que le suspect Anthelme Frachant soit pris en charge par son équipe médicale, à Bron. « Je n'ai rien à faire ici, s'était exclamé Anthelme. Je veux retourner en prison, ne cessait-il de répéter. Je ne suis pas fou. »

La déclaration d'Anthelme, rapportée dans la presse, avait fait sensation et attisé la ferveur des associations des victimes et de leurs familles : Anthelme lui-même assurait qu'il méritait le jugement de la société, assurant de manière inattendue, incompréhensible et spectaculaire, la publicité de sa propre culpabilité.

Bianca s'en tenait d'autant plus à son diagnostic de schizophrénie : être dans le déni faisait partie de cette pathologie encore trop méconnue pour être bien comprise.

Le procureur Pierre Rocher, malin, avait saisi cette opportunité pour montrer qu'il était capable de clémence, mais il n'en était rien. Que cette progressiste de Bianca Serraggio se le garde, son petit protégé... Les cellules pénitentiaires saturaient, l'hospitalisation d'Anthelme était un excellent prétexte, elle différait seulement le retour à la case prison de ce coupable sans ordonnance.

En acceptant qu'Anthelme Frachant se fasse soigner par Bianca Serraggio les semaines précédant la reconstitution, l'homme de loi donnait un alibi flamboyant à sa prochaine sentence. Elle tomberait comme la nuit. In extremis.

Le commissaire Victor Kolvair ruminait. Il tira une bouffée de son mélange cocaïné qu'il garda longtemps en lui. Observer la fumée qui s'évaporait, absorbée par l'atmosphère glaciale, le détendit. Le parc qui entourait l'hôpital psychiatrique de Bron était plongé dans la brume autant que le commissaire.

Le policier, depuis la pessimiste tirade de la belle aliéniste au sujet du mariage, ne parvenait pas à se détendre. Une phrase de Craig lui vint soudain à l'esprit, comme en réponse à son angoisse diffuse : « C'est la Prohibition qui donne à l'alcool sa saveur. »

« Et c'est la rareté de tes phrases qui leur donne la leur », avait rétorqué le commissaire, amusé.

En tournant le dos au chêne centenaire qui délimitait le terrain de l'asile, le policier lyonnais se fit la réflexion qu'il en allait de même avec pas mal de choses : sans doute n'était-il pas plus illégitime d'affirmer que c'était le malheur qui donnait tant de goût au bonheur, et que l'absurdité de la mort fixait le prix de la vie.

Le commissaire Kolvair écrasa son mégot : parfois, néanmoins, c'était la vie qui rendait à la mort sa saveur.

— On ne peut pas être toujours heureux, marmonna le commissaire en franchissant les portes du bâtiment psychiatrique.

Le policier avait pris la décision de rendre visite à Anthelme après le retour du professeur Salacan. La mort de Charles Salacan, tué par le diabète, révoltait le policier et le laissait sans voix. Coincé en pleine mer avec la dépouille de son fils, le professeur n'avait d'autre choix que de terminer la traversée jusqu'aux Etats-Unis avant de pouvoir rejoindre Lyon, sans doute aux alentours de Noël.

Au moment de la reconstitution.

Le commissaire éprouva un malaise en franchissant les portes de l'hôpital psychiatrique. Une nouvelle fois, une hallucination olfactive l'assaillit.

Car c'en était une, son médecin le lui avait confirmé. L'obusite, avait déclaré le toubib, la mine grave, avant de préconiser un traitement à base d'hypnose.

Le commissaire réfléchissait à l'opportunité d'une éventuelle séance avec la psychiatre. Etait-ce bien raisonnable de mélanger leurs rôles ? Le policier n'en était pas certain, en réalité cette perspective le mettait mal à l'aise.

Obusite, traumatisme de guerre : si Kolvair était ravi d'apprendre qu'il ne souffrait pas de schizophrénie comme il l'avait craint à force de sentir des odeurs qui n'existaient pas, le commissaire n'était pas un imbécile. Il avait vérifié : ses hallucinations avaient débuté en même temps que la filature d'Anthelme.

— Tu vois, Anthelme, je voulais te remercier.

Le jeune homme avait perdu son regard illuminé. Le traitement médical, la prise de poids, la poussée des cheveux : Anthelme n'avait plus grand-chose de son allure de maigre échassier. Curieusement, Kolvair ressentit un drôle de pincement en constatant cette métamorphose.

Le commissaire lui proposa une cigarette, Anthelme l'accepta sans l'allumer, contemplant la tige comme s'il ne savait qu'en faire. Kolvair alluma la sienne, prenant le temps d'aspirer de longues bouffées, comme pour prendre son élan.

— Il y a des gens qui en disent beaucoup plus qu'ils n'en savent, énonça le jeune schizophrène en fixant le commissaire.

Celui-ci remarqua qu'Anthelme, contrairement à son habitude, ne dérobait pas son regard.

— Mais vous, vous en dites largement moins, poursuivit-il.

Kolvair resta silencieux. Anthelme triturait la cigarette, la massacrant.

Les tranchées, la boue, les cavités si particulières au Chemin des Dames, Bertail, Lucette et Yves Laclé, le grand dadais, les litres de sang versés... Le commissaire prit une profonde inspiration.

— Je voulais te remercier car grâce à toi je sais à nouveau qui je suis.

Comment exprimer que le policier avait grâce à cette enquête remisé sous terre son uniforme de poilu, lourd et imbibé de la folie humaine ? Qu'il se sentait lié à Anthelme autant qu'à ses victimes ? Que le commissaire avait la sensation que ces cadavres resteraient son propre exutoire ? Il ne suffisait pas de ne plus porter d'uniforme ni de havresac pour être débarrassé de la guerre et ses cauchemars.

Anthelme fronça les sourcils. Kolvair trouva soudain qu'il ressemblait au curé de son enfance, qui accueillait les confessions sans jamais laisser apparaître son émotion.

— Je vous ai déjà vu, n'est-ce pas ? questionna le jeune homme.

Kolvair sourit, Anthelme était à part. Jamais le commissaire n'avait confié l'intimité de ses pensées à un coupable.

Les anciens soldats avaient en commun la hantise de recroiser les visages de ceux qu'ils avaient tués. La ligne de front était leur psychopathie.

Nous sommes tous des schizophrènes, se retint de proclamer le commissaire.

Au lieu de quoi, il posa sa main sur l'épaule du meurtrier.

— Le procureur vient d'annoncer la date de la reconstitution.

Anthelme fit un signe d'assentiment sans ouvrir la bouche.

Il y a des lignes dans ce monde qu'il est préférable de ne pas franchir, et des tranchées qu'il faut arrêter de creuser, se dit le commissaire.

Kolvair tâta dans sa poche le carnet de croquis de Bertail, qu'il avait conservé comme une relique toutes ces années. Il était temps qu'il le renvoie à sa famille. Leur soldat était mort sur le front. Et curieusement, malgré ce qu'il avait cru, dur comme fer, jusqu'à aujourd'hui, peu importait de la main de qui : boches et Français, la guerre les avait tous rendus fous.

60

— Qu'au moins la vie ne soit pas seulement cette angoisse affolante de la mort, pesta à voix basse Kolvair.

La communauté scientifique venait de proclamer Einstein prix Nobel, cependant face aux cernes et au regard perdu du professeur Salacan, le commissaire remisa son envie de deviser sur la physique quantique.

Le policier le savait particulièrement inquiet au sujet de son épouse : depuis la perte de leur fils, Justine Salacan avait cessé ses multiples activités associatives et culturelles, sombrant dans la dépression. Elle ne quittait plus leur appartement, délaissait les autres enfants, confiés à la gouvernante. Empêtrée dans la démesure de sa souffrance, Justine Salacan avait transformé le salon en atelier : ellc s'était mise à peindre, s'adonnant au whisky.

Salacan, aussi démuni que son épouse face à ce deuil si brutal, parvenait, vaille que vaille, à refouler la faille. L'irruption de cette mort dans leur vie est une effraction, concéda le commissaire. Comme la guerre, il s'agissait de la dérive d'un monde.

— Et ensuite ? s'enquit le procureur.

La maison d'Oullins, plongée dans l'obscurité à l'identique de cette nuit où le commissaire Kolvair avait découvert le triple meurtre, suintait un passé tissé de noirceur. La procédure d'une reconstitution impliquait d'en respecter les conditions. Le scénario proposé par le rapport d'expertise stipulait toujours l'heure approximative du crime.

Le procureur avait malgré tout obtenu que sa secrétaire reste à ses côtés, une lanterne à la main. Cela faussait considérablement la réalité.

— Ensuite, expliqua d'une voix atone Anthelme, il a fallu que je lui coupe la tête parce qu'elle ne voulait pas mourir.

L'assemblée fixait le jeune schizophrène, ses gestes mécaniques, son visage dépourvu d'émotion. Anthelme Frachant, marionnette de sa propre vie, tenait dans sa main la reproduction en papier mâché de la tête de Mme Laclé. C'est Jacques Durieux qui l'avait fabriquée.

Le commissaire le regarda poser la tête fictive décapitée sur la commode. A l'endroit même où Kolvair avait découvert la vraie Mme Laclé.

— Et ensuite ?

Depuis le début de la reconstitution, le procureur s'abstenait de tout commentaire, s'obstinant à répéter cette question. L'été, le soleil et la chaleur ne convenaient pas à Pierre Rocher : le procureur appréciait la grisaille, la bruine et l'humidité. Comme les cafards, songea Kolvair en se souvenant que, déjà enfants, ce détail l'avait frappé.

Ce retrait ne lui ressemble pas, nota Kolvair sans le lâcher des yeux.

Rocher gardait le nez dans le dossier de l'instruction, évitant soigneusement de s'attarder sur les photos sanglantes. Il n'avait jamais été un adepte de la vérité, lui préférant son apparence. Sa décision était prise, jamais Anthelme n'échapperait à un procès.

« La schizophrénie est la poubelle de la psychiatrie », avait lu le procureur dans *L'Action française*. Et la psychiatrie la poubelle de notre société, s'était-il empressé d'ajouter à son catalogue personnel d'idées reçues.

La messe était dite.

La médiatisation de l'affaire ayant placé Lyon sous les projecteurs, l'homme de loi soignait non sans outrance ses apparitions et ses répliques. Au moins connaissait-il le dossier du triple carnage par cœur.

Kolvair, rompu de longue date au machiavélisme du procureur, avait appris à le déceler : il perçut, derrière cette affabilité, un cynisme ourlé de mépris, une feinte grossière. Le policier se retint d'allumer une cigarette, se demandant si un jour de sa vie le procureur tomberait le masque. La mort, sinon, s'en chargera, convint Kolvair. Elle se chargeait de pas mal de choses.

Comme indiqué sur le rapport, Anthelme expliqua qu'à ce moment-là une lumière s'était allumée dans la chambre des Laclé.

— J'ai vu des flammes, raconta-t-il, très convaincu, peu convaincant.

Les deux points de vue contradictoires du collège d'experts psychiatriques tournaient au duel. D'un côté, l'aliéniste Bianca Serraggio, qui maintenait la thèse de la schizophrénie d'Anthelme. De l'autre, le psychiatre Paul Subbi, qui le considérait comme un habile simulateur.

— Bien sûr, persifla Rocher.

Anthelme, sans aucune émotion, planta la baïonnette en mousse dans la gorge de la marionnette grandeur nature de M. Laclé. Il ne manifesta aucun acharnement. Or, tous ceux qui avaient lu le dossier savaient pertinemment qu'Anthelme avait transpercé les trois cadavres une quinzaine de fois. Le procureur fronça les sourcils.

— Où allez-vous ? vociféra-t-il tandis qu'Anthelme s'apprêtait à quitter la chambre du couple Laclé. Il y eut seize coups de baïonnette, je vous le rappelle...

Anthelme écarquilla les yeux, perdu dans cette mascarade à laquelle il ne semblait trouver aucun sens.

L'avocat des victimes monta au créneau, agitant une photographie du dossier prise par Durieux lors des premières constatations scientifiques. Les murs ruisselaient de sang.

A la vue du carnage, Anthelme se buta, refusant soudain de reproduire des gestes qu'il ne se rappelait pas.

La mine triomphante, le procureur Rocher saisit l'occasion pour griffonner quelques mots sur le rapport. Lorsque Anthelme se dirigea vers l'escalier, Kolvair remarqua le sourire que le procureur tentait de réprimer.

Le relevé planimétrique réalisé par Jacques Durieux ainsi que les résultats des analyses de ses prélèvements laissaient peu de doute sur la façon dont s'étaient déroulés les événements cette nuit-là.

Kolvair l'avait lui-même écrit dans son rapport d'enquête : après avoir massacré le couple Laclé au rez-de-chaussée, mais avant de rejoindre le premier étage pour s'acharner sur le grand dadais, les traces papillaires indiquaient qu'Anthelme s'était dirigé en premier lieu vers la chambre dans laquelle le commissaire Kolvair était censé se trouver. La netteté des empreintes des godillots d'Anthelme fixées dans le sang trahissait la direction de son itinéraire meurtrier.

Embarrassé, l'avocat d'Anthelme, commis d'office, chercha du regard celui de Bianca Serraggio. La jeune femme acquiesça d'un signe de tête et prit la parole :

— Les souvenirs d'Anthelme sont précis, mais ils sont faux, c'est une des constantes observées dans cette maladie...

Rocher ne prit même pas la peine de lever le nez du dossier d'enquête.

— Je ne vous ai pas donné la parole, docteur, la coupa le procureur sans lui accorder le moindre regard.

Il enchaîna, se tournant vers l'avocat d'Anthelme :

— Votre client a commis un carnage et son déni ne plaide pas en sa faveur.

Sans laisser le temps au défenseur du criminel de rétorquer, l'homme de loi persista, s'adressant à Anthelme :

— Vous confirmez que vous n'avez pas forcé la serrure de cette chambre et que vous êtes monté directement ?...

Contre toute attente, Anthelme prit son temps avant de rétorquer :

— Je vous ai déjà répondu.

Le procureur ne rata pas l'opportunité d'en rajouter :

— Son absence de regret et son arrogance n'arrangent pas son cas...

L'avocat d'Anthelme transpirait. Il avait pourtant expliqué à son jeune client de la jouer profil bas.

Kolvair avait lu que les malades atteints de schizophrénie étaient incapables de regrets ou du moindre affect, il ne fut donc pas surpris lorsque la psychiatre Bianca Serraggio prit de nouveau la parole :

— C'est un des symptômes...

Excédé, le procureur s'engagea dans l'escalier :

— Et prendre les gens pour des imbéciles, c'est aussi un symptôme de cette maladie ?

Paul Subbi s'esclaffa. Personne n'ignorait que le spécialiste avait déclaré à la presse qu'en ce qui le concernait, Anthelme était un psychopathe dangereux. Cette conclusion induisait qu'il était potentiellement capable de récidive. Aucune circonstance atténuante ne pouvait lui être accordée.

Selon Subbi, le fait qu'Anthelme ait dérobé la collection de baïonnettes à ses futures victimes la veille des meurtres impliquait même une préméditation.

— On ne peut pas ouvrir les gens, les feuilleter comme un livre et les refermer ensuite, décréta Bianca, atterrée.

Le procureur lui sourit en silence.

— Ce sera tout, docteur... enchaîna-t-il en continuant de monter les marches.

Faisant fi du décorum, Bianca quitta les lieux. En le voyant sortir à la suite de la belle jeune femme, Kolvair comprit qu'Edmond Locard n'était venu que pour elle.

61

Le commissaire resta en retrait de la foule, nombreuse malgré le froid, la nuit, la neige fondue et la boue. Il attendait Bianca, laquelle confirmait à la presse son indignation. Il rêva à l'osso bucco qu'il lui avait mijoté, au voyage en Italie qu'ils s'étaient promis de faire une fois ce plagiat de reconstitution achevé.

En observant l'Yzeron, le commissaire repensa à Craig Copper. Familier et discret à la fois, le New-Yorkais avait suivi Kolvair comme son ombre et lui avait accordé instinctivement son amitié. Le soutenant toujours, ne le jugeant jamais. Il ne devrait pas oublier de lui rapporter la conclusion de cette reconstitution. Il alluma une cigarette et resta là à la fumer en se disant que l'Américain apprécierait le dénouement : l'agent de la Prohibition estimait que la loi française et son article 64 représentaient une cachette inadmissible. Pour Craig, Anthelme devait se confronter à un procès. Il ne s'était pas gêné pour exprimer son étonnement face à la lenteur de la procédure française.

Quelques jours avant le retour de l'Américain chez lui, le policier lyonnais avait découvert la véritable raison de sa venue. Certes, les méthodes scientifiques d'investigation le passionnaient, mais Craig restait d'abord et avant tout un fiévreux patriote : d'origine irlandaise, il avait subi, dans sa jeunesse, l'alcoolisme de son père. Les conséquences catastrophiques de l'ivresse à outrance avaient marqué la vie de la famille de l'Américain : chômage, violence, éthylisme, Craig avait assisté à la déchéance de ses parents. Kolvair avait compris que le combat mené par son homologue américain signait une revanche personnelle.

Car c'était bien cette conviction intime qui avait poussé le bonhomme à venir jusqu'en Rhône-Alpes : selon Craig, deux propriétaires viticoles du Beaujolais profitaient de la Prohibition pour se livrer à un trafic de vin avec les Etats-Unis. Pas impossible que Craig revienne, admit Kolvair, plutôt satisfait de cette perspective.

Il en était là de ses réflexions lorsque la conférence de presse improvisée devant la pension d'Oullins se dispersa.

Enfin, Anthelme sortit de la maison, hué par les centaines de badauds et curieux amassés malgré la nuit, le froid, la neige fondue en boue. Kolvair sentit une décharge électrique paralyser sa prothèse, signal lui indiquant de rester sur ses gardes.

Il perçut un raclement de gorge, le procureur Rocher s'approcha du policier. Ce dernier se retint de dire quoi que ce soit. Au bout de plusieurs secondes, l'homme de loi se décida à parler :

— L'inspecteur Legone a demandé sa mutation...

Le commissaire feignit d'ignorer qu'il connaissait la rumeur : la tête brûlée des Brigades du Tigre lyonnaises était pressenti pour intégrer le Quai des Orfèvres. Grand bien lui fasse, marmonna le commissaire en lui-même. Au lieu de quoi, faisant semblant de s'intéresser, il demanda :

— Une promotion ?

Kolvair ne quittait pas du regard l'aliéniste Bianca Serraggio, laquelle ignorait superbement le séduisant Edmond Locard. La belle, toujours en train de s'entretenir avec le journaliste Armand Letoureur, ne décolérait pas :

— Cette décision ne correspond pas à la réalité de la société : mépriser la folie et nier la maladie appartient au passé !

Kolvair soupira.

— Pas tout à fait... murmura soudain le procureur à l'oreille du commissaire.

Ce dernier, intrigué, ne releva pas. Rocher patienta avant de continuer. Kolvair en profita pour s'écarter. Puis une agitation attira soudain son attention autant que son regard : les manifestants et badauds amassés pour découvrir le visage d'Anthelme s'agitaient, scandant : « Ordure ! Lâche ! Assassin ! »

Kolvair tressaillit. Il jeta, nerveux, son mégot. Les débordements de foule le rendaient vigilant. Lorsque le procureur se décida finalement à terminer sa phrase, le commissaire avait presque oublié sa présence.

— Sa nomination officielle dans ton service est imminente, annonça Rocher tout de go. Je tenais à te l'apprendre moi-même...

Concentré sur Anthelme, Kolvair eut besoin d'un instant de réflexion pour réaliser l'importance de ce que venait, mine de rien, de décider Rocher. Abasourdi, le commissaire marqua un arrêt. Legone, travailler avec lui ?

— C'est si rare d'annoncer une bonne nouvelle, ironisa le procureur, qui avait très bien remarqué la pâleur soudaine du commissaire.

Ce fut à ce moment précis qu'une puissante détonation claqua, déchirant la nuit.

Le commissaire se précipita et découvrit Anthelme, abattu d'une balle dans le cœur. Les policiers qui encadraient le schizophrène n'avaient rien pu faire : un homme avait surgi de la foule, un revolver à la main. Le commissaire le reconnut immédiatement : le père de Mme Laclé, qu'il avait croisé lors d'un interrogatoire.

— Et merde ! cria Kolvair en remarquant que l'homme, tremblant et fou de douleur, n'avait pas lâché son arme et semblait vouloir la retourner contre lui-même.

Les policiers se jetèrent sur lui et le désarmèrent. L'homme paraissait sidéré par la violence de sa propre vengeance.

— Tu vois, entendit alors le commissaire dans le creux de son oreille, j'avais raison…

Kolvair se retourna vers Bianca. Sans bien comprendre ce qu'elle insinuait, il fut frappé par sa fatigue, ses paupières rouges et ses lèvres tremblantes.

— Ça finit toujours mal, parvint-elle à énoncer.

Le commissaire lui prit la main. Cette femme méritait mieux que des certitudes. Pour qu'un nouveau monde commence, il fallait anéantir le précédent.

Remerciements

Pour leur confiance et la liberté qu'ils permettent, merci à Denis Bourgeois, Anne-Laure Aymeric, Sophie Thiébaut et toute l'équipe des Presses de la Cité. Merci à Isabelle Dupré, épatante correctrice.

Mes remerciements particuliers à Gérard Collard, sans qui Kolvair et Salacan n'en seraient pas là.

A Marion, Antoine et leurs enfants, qui m'ont permis de découvrir New York.

A mes amis, pour leur soutien et leur solidarité sans faille.

Clin d'œil spécial à Antoine Renoux, Franck Dalmas, Agnès Authier et Jean Tychensky.

Sources

Les Hallucinations : clinique et physiopathologie, Jean Lhermitte, Editions L'Harmattan

Les Traumatismes psychiques de guerre, Louis Crocq, Editions Odile Jacob

Archives du Conseil général de l'Aisne et du Conseil régional de Lorraine

Les Sentiers de la gloire, Stanley Kubrick

14-18, Tichot, Milanmusic Editions

Vous souhaitez vivre d'autres aventures
aux côtés des experts Kolvair et Salacan ?

Retrouvez-les dans

Le Sang des bistanclaques

« [...] une des révélations de l'année, [...] un des meilleurs polars historiques. »

Gérard COLLARD,
LCI « Le Coup de cœur des libraires »

Lyon, 1920.

Une enquête est ouverte à la suite de la découverte du cadavre putréfié d'une vieille femme.

Pour ne pas ternir la réputation de sa ville, rivale de Paris et ses Brigades du Tigre, le procureur confie l'affaire au tout nouveau laboratoire de la police scientifique de Lyon, le premier au monde, dirigé par deux experts : l'éminent professeur Hugo Salacan, et le commissaire Victor Kolvair, rescapé des tranchées.

L'autopsie du corps révèle d'étranges sévices...

L'enquête criminelle dévoile deux visions de la police et de la science, dans une France en pleine mutation...

De mal à personne

Lyon, 1920.

Initiateurs de la police scientifique, le commissaire Kolvair et le professeur Salacan sont chargés d'élucider la mort de Firmin Dutard, riche industriel tué à l'arme blanche.

Les premières conclusions révèlent que le meurtrier mesure 1,28 mètre : la taille du fils de la victime, celle de nombreux enfants... Parricide ? Crime crapuleux ?

A une époque où les colonies pénitentiaires pour mineurs délinquants sont des bagnes pour enfants qui n'avouent pas leur nom, à une époque où la science n'a pas les moyens de ses intuitions, le commissaire devra remettre en question ses rares certitudes pour faire la vérité sur cette affaire...

MIXTE
Papier issu de sources responsables
FSC® C003309

Composition et mise en pages : FACOMPO, LISIEUX

Cet ouvrage a été imprimé en France par

CPI
BUSSIÈRE

à Saint-Amand-Montrond (Cher)
en avril 2013

N° d'impression : 124793
Dépôt légal : avril 2013